Le Père

后浪

困在时间里的父亲

Florian Zeller

［法］弗洛里安·泽勒
著

陈文瑶
译

Le Fils
La Mère

法国剧作家
弗洛里安·泽勒
家庭
三部曲

海峡出版发行集团｜海峡文艺出版社

目　录

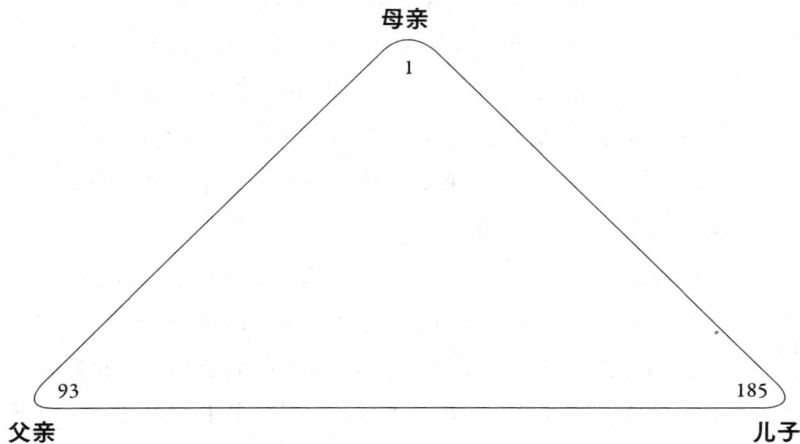

母亲

1

93

父亲

185

儿子

导读

弗洛里安·泽勒与他的"家庭三部曲"

　　2016年秋天我去伦敦看戏，一星期内看了十场，包括三个下午场。十出戏里最让我心醉的，乃是巴黎的走红剧《真相》，法文原名叫 *La Vèritè*，英文版本叫 *The Truth*，由著名剧作家克里斯托弗·汉普顿（Christopher Hampton）翻译剧本。那时，这两个版本正在巴黎和伦敦同时上演，还没进军百老汇。

　　这出戏是一位号称"近代莫里哀"的年轻剧作家弗洛里安·泽勒（Florian Zeller）所写，仅有两男两女4位演员，90分钟一气呵成，无中场休息，短小精悍、幽默风趣，讨论了两对现今的巴黎夫妻的婚外情，其中不乏突来的惊喜和应有的警句，是令人看完后开心离场，但在消夜时分或午夜梦回间，又反思剧中主旨的那类剧码。

　　我当时并不知道泽勒的大名，回到旅馆读了演出说明书及上网一查，才知道他居然是目前法国及欧美剧坛最走红的剧作家，先前撰写的《母亲》《父亲》《儿子》都曾荣获巴黎、伦敦或百老汇的剧坛大奖，其中的《父亲》更是法国莫里哀奖、英国奥利弗奖和美国托尼奖最佳戏剧的得奖者或提名者，而我这"戏油子"居然错过了《父亲》在伦敦、纽约的公演！这出《真相》的伦敦首演，被我无意间赶上了，而不久之后，我又听说他的《谎言》已在巴黎公演，那分明是剧作家为《真相》撰写的续篇。

2017年的夏天，一年不到，我又在伦敦看了《真相》，这次的感受与去年的首次观赏同样正面，90分钟重温的惊喜及全剧的淡淡韵味依旧还在，我就决定立即把它译成中文做华语首演。三个月之后我完成二稿，也申请到演出版权，打算在该年年底或2018年年初由台北的果陀剧场推出华语版本，却因新冠疫情的冲击，这个译本居然延到2023年年底才在台北首演。那时，上海和香港都已推出他们的版本了。

泽勒这位剧作家虽年仅44岁，却已成为欧美剧坛无人不知的红人，也是一位多方位的艺术家。他早先以小说成名，22岁即已完成第一本小说，2004年出版第三本小说就荣获法国行际盟友奖，成为家喻户晓的人物。他后来转写剧本，2012年首演的《父亲》成为巴黎的走红剧，两年后荣获与托尼奖、奥利弗奖齐名的莫里哀奖的最佳戏剧奖，之后的伦敦版本和百老汇版本也都获得英美剧坛的最高奖项，而英国最具权威的《泰晤士报》更把它推崇为"21世纪最伟大的剧本之一"。

更令人震惊的是，泽勒居然还涉足影坛，而他执导的第一部电影《困在时间里的父亲》（当然改编自他的著名剧作）居然荣获2020年奥斯卡奖的6项提名，包括最佳影片提名，结果荣获最佳男主角和最佳改编剧本两项大奖，更别提电影界其他奖项及提名了。2022年，由他执导的第二部电影《困在心绪里的儿子》问世，也是改编自他著名的舞台剧。2023年3月间我在拉斯维加斯看了之后，立即决定译导这个剧本，那时我连英文剧本都还没细读，可见这第一印象又是多么强烈了。

直到今日，泽勒的剧作已在超过45个国家和地区上演，当然也包括华语演出。从这位多方面才华横溢的作家那不凡的成就看来，正当盛年的泽勒先生真不知能为21世纪的戏剧、小说、电影爱好者提供多少尚未显现的一流飨宴呢！

泽勒剧作"家庭三部曲"，乃由《母亲》《父亲》《儿子》三出戏组成。《母亲》一剧乃是"三部曲"的首集，它的角色名字在下面两出戏中相继出现，不知是剧作家早有"预谋"，还是《父亲》热演之后他在撰写《儿子》时刻意安排，这一点欧美剧评家好像还没论及。

《母亲》的法文原名是 *La Mère*，2010年在巴黎首演，次年就得到莫里哀奖最佳女主角奖，也提名了最佳导演，

2015 年的英文版本（也由汉普顿翻译剧本）在伦敦首演，2019 年在纽约首演，都曾获得很好的评论与票房，但没有后来出现的《父亲》《儿子》声势浩大，也没被拍成电影。

《母亲》这个剧本讨论的，乃是今日常有的女性更年期情绪，与"空巢"之后的万分无聊，也谈到丈夫外遇对妻子的冲击。此剧女主角不过四十几岁，家境优裕，子女都已成年离家，丈夫也有相当成功的事业，但她却有说不出道不尽的苦恼，譬如早知丈夫与秘书有染，儿子的女友轻浮浅薄，女儿早已经年不回家，目前也不知去向。她自己无所事事，又缺乏知友及喜好，每天仅靠喝闷酒消磨时光，而丈夫回家之后的空泛谈话，却又布满谎言的痕迹……

此剧伦敦首演之后的众多评论中有一篇深得我心，其中引述了当时已经走红的《父亲》的主要情节，就是失忆症对老年人的无情摧毁。剧评家指出失忆症目前无药可治，但"空巢综合征""更年期综合征"似乎还有药救；她呼吁刚刚看过《母亲》的儿子女儿们立即打电话给他们久未联络的母亲或父亲，使孤单的父母得到一些该有的慰藉。

《父亲》在"家庭三部曲"里肯定是最负盛名的一出。它原名 Le Père，2012 年在巴黎首演，两年之后荣获莫里哀奖最佳戏剧奖。英文版本仍由汉普顿翻译剧本，2015 年在伦敦首演，次年就荣获奥利弗奖最佳男主角奖；2016 年在百老汇热演后，也获托尼奖最佳男主角奖。

《父亲》的剧情既简单又复杂。一位八十几岁的老头独居在巴黎的一栋公寓内，分明已有早期或中期健忘症的迹象。他一直在找那只戴了很久的表，是被他误放在哪儿了，还是被每天来照顾他的女看护偷走了？他四十几岁的女儿告诉他将要跟随新交的男友搬去伦敦了，但这女人真是他的女儿吗？女儿劝他离开这所公寓，住到她的家里，以便她能较好地照顾他，是不是女儿贪图那所他住了三十几年、地区优良的公寓？某场戏里有个凶狠的恶汉威胁他，要他赶紧搬出公寓，那恶汉难道就是女儿的新男友？剧终时他被留在某个不明地点的病床上，那位好心的护士是不是后来请的女看护？女儿把他拘禁在这可怕的病房里，是否意图谋财害命？

这简单的故事其实讨论了好些重要的课题，观众在回应某些幽默的台词时，也一直在静候其他的剧情发展。在百老汇热演中饰演男主角的明星演员弗兰克·兰杰拉（Frank Langella）在接受电视访问时谈到，此剧观众特别难得的肃静反应是他数十年演艺生涯中首次遇见的。他也谈到某位演员朋友前来看戏，发现左侧某位中老年男观众经常低头垂首，似乎不忍观看台上发生的一切，这也是相当少见的现象。这出戏对观众，尤其是对老年观众的冲击之大，是绝大部分剧评经常提到的。英国《卫报》的剧评给它五颗星的赞誉，也是非常难得的推崇。而 2020 年剧作家亲自执导的电影版本，在美国极具参考性的烂番茄网上获得98%的赞誉（根据294篇影评），也足见电影界对它的加持了。

"家庭三部曲"的尾声，就是2018年在巴黎首演的《儿子》，法文原名叫作 *Le Fils*，英文版本仍由汉普顿翻译剧本。此剧在2018年获莫里哀奖最佳编剧的提名，2019年在伦敦首演，但并没有像《母亲》《父亲》那样随即进军百老汇，很可能是因为新冠疫情的影响。2022年的电影版本也由剧作家亲自改编及执导，由主演《X战警》系列电影中"金钢狼"的澳大利亚演员休·杰克曼（Hugh Jackman）饰演父亲，新进演员泽恩·麦格拉思（Zen McGrath）饰演儿子，配上两位极好的女演员分别饰演母亲及父亲的情人，凭《父亲》电影版本荣获奥斯卡最佳男主角奖的明星演员安东尼·霍普金斯爵士（Sir Anthony Hopkins）也在这部影片里短暂出现。这部电影在威尼斯国际电影节首映，院线上映后票房还不错，但并没得到如早先《父亲》电影版本的广泛赞誉及奖项。

《儿子》这出戏讨论了一个青春期男孩子的叛逆、消沉、沮丧与无助。17岁的儿子与离了婚的母亲同住，但一直无法好好相处，儿子已逃课3个月，母亲无奈之下向目前已与情人同住的父亲求助，希望他能照顾儿子一阵。父亲与情人刚有了一个婴儿，虽然同意儿子前来暂住，但在这个小家庭中总是格格不入。儿子进入新学校不久之后又

8

开始逃课，更被发现有自残的迹象。少年是否应该回去再跟母亲同住？母子之间的关系又能维持多久？他的自残倾向是否应向心理医生求助？这些残酷而实际的问题一幕幕地在观众面前呈现，直到剧情的高潮——在医院住了一个星期的儿子苦求父亲让他回家，回家之后似乎一切都已恢复正常，儿子为父亲和母亲端上茶点，之后安详地步入洗澡间举枪自杀——震惊的观众虽未目击血腥，但会感受到一种凄美的恐怖。

此剧的终结令人充满疑问。青春的儿子喜悦上场，即将向父亲介绍他恋情成熟的漂亮女友。他送给父亲一本新书，就是他的第一本小说……这是父亲心目中所期待的最好结局，还是观众的错觉，目睹了一幕不可能出现的场景？对这些疑问，剧作家并未提供明确的解答，但这不也正是许多父母目前正在面临的难题？

《儿子》2018年在巴黎首演时，有位剧评家写了下面一句话："在所有拥有15岁以上儿子的父母心底，弗洛里安·泽勒似乎为他们装上了一面镜子。"这面镜子，除了映照那可怜的儿子，不也反照了那些或许同样值得怜悯的父亲与母亲？

杨世彭

（本文作者为美国科罗拉多大学博尔德分校戏剧与舞蹈系荣誉退休教授，资深舞台剧导演及戏剧学者）

序一

诚实的哀伤"失乐园"

　　难以置信，他就这么站在舞台上了！然后，做了一个毁灭性的动作，好像想砸烂这个世界、这个禁锢他的家……他不属于这里，另几个活在现实时空里的家人浑然不觉，视若无睹地径自演下去。

　　被吓着的人是谁？是观众。我们看到了不该看到的"剧透"？这个超写实揭示了这家人的噩梦已然成真，命运曝光，他们还怎么往下走？惊吓中仿佛还有我们下意识中不愿意承认的"期待"？仿佛我们对角色隐隐的恶意被挑起，仿佛我们是共犯……剧作挑战观戏者的知觉，屡用大招：刻意的人物错置、角色切换，有的场次片段重复，或细节放大……

　　故事很家常地一路走着，我们不时面对突发的跳帧，荒诞的空间，扭曲的时间。观戏者几乎会觉得，自己是否也如剧中人物一样嗑药、中毒、酒喝太过？是否在观戏中途当场断片、失忆，甚至潜藏的暴力也露了马脚？我们参与了剧中的苦难，施虐与受虐同时发生，我们置身"失乐园"。

我承认自己初读这几部剧作时不太适应，有点被戏弄到了。再想想再翻翻，情绪冷静，意象突显，好滋味这才慢慢浮现。不是用招，是剧中受苦的人由心灵底层迸发而出的一种预见，一种哀伤，一首受难曲。一个小故事，却是隽永且深刻的，因为面对残破的生命本身，它诚实大胆地描述着无药可救的苦。

另外，我感佩剧作者是个非常懂舞台的高手，寸土之地，他像变魔术一样，让舞台成为具象可读的小宇宙！很开眼，很受益。

金士杰

（本文作者为资深舞台剧演员兼编剧、导演）

序二

剧场与电影的交会之地

由电影《困在时间里的父亲》认识弗洛里安·泽勒，获知他是第一次执导长片，从而了解他的背景，果然，"小说家／剧作家／戏剧导演"的多重身份让他以心理时间为金丝，织构出到目前为止最能带领我们进入的阿尔茨海默病患者的国度，患者是王与父亲是王时时对应，我们沿着那个不再由线性生命所指示的方向，像摸着石头过河。电影结束，我们似乎抵达彼岸，但父亲仍困在记忆的碎片里不知所措。影像中满满表演与剧场的语汇，正是来自我的母土。

2022 年我看了他第二部作品《困在心绪里的儿子》，并在院线上映时又看了一次。他在访谈中提及："有时你不得不接受自己的无能为力，这是为人父母体验的一部分，有时爱是不够的，要接受这件事真的很痛苦。"难以形容我第一次看完时的战栗，生命从来无法复制生命，即便是亲与子，更令人惊艳的是这次焦点集中在主角皮埃尔有"人父/人子"双重身份，拉高了亘古难解的父子习题：他内在的冲突战火绵延，再怎么回避"和自己的父亲一样"，终究无法逃离来自基因的威胁，自己缺爱、被冷落的成长经验和儿子棘手的抑郁症不意外地在他们之间放了把火。

《母亲》里的女人从母职身份退休，却离不开亲手打造的巢穴，像目睹树叶一片一片掉落般无力。泽勒在剧本首页注明"黑色闹剧"，不知为何让我想起契诃夫。好奇着如果影像化，他会怎么诠释？

毋庸置疑，这是三个各自独立又可以并联存在的好剧本。而同一个作者如何以戏剧、电影两种不同的"语言"表现相同的文本，始终是我关注的。阅读剧本让这一切感悟活了下来。

吴洛缨

（本文作者为资深编剧、导演，台北艺术大学电影创作学系兼任助理教授）

母亲

黑色闹剧

这出剧于 2010 年 9 月在巴黎小剧院演出，由马西亚尔·迪丰佐·博（Marcial Di Fonzo Bo）导演，卡特琳·耶热尔（Catherine Hiegel）主演。

人物

母亲　安妮

父亲　皮埃尔

儿子　尼古拉

女孩　埃洛迪

第一幕

第一场

母亲和父亲。透过声响营造出紧张感逐渐升级的情境，以及一种诡异的气氛。

母　亲　啊，你回来了……

父　亲　是啊。

母　亲　你今天有点晚。

父　亲　是有一点。还好吗？

母　亲　好，很好。

停顿片刻。她再度开口，语气中并无责备之意。

母　亲　你当时在哪里？

父　亲　呃？

母　亲　今天下午。

父　亲　什么意思？

母　亲　你在哪里？

父　亲　为什么这样问？

母　亲　问问而已。

停顿片刻。

父　亲　那你呢？今天过得好吗？

母　亲　何必明知故问？

父　亲　只是想知道。

母　亲　你感兴趣？

父　亲　对。

母　亲　你很清楚我今天就是遇到了一堆狗屁倒灶的事。

父　亲　（被她的回答吓到）你怎么了？安妮……

母　亲　没事。只是想说你何必假装。

父　亲　我？我哪里假装了？

母　亲　假装你很关心。

父　亲　安妮，我没有假装。我关心啊，我很关心。

母　亲　可是，我的生活没什么好关心的。我留在这里，什么
　　　　事也没做，只是等。

停顿片刻。我们能感受到一股不自在。

母　亲　那你呢？你的研讨会是明天？

父　亲　对。

母　亲　你明天出发？

父　亲　对。明天早上。

母　亲　很好。你开心吗？

父　亲　只不过是个研讨会。

停顿片刻。

父　亲　你看起来不太高兴……

母　亲　没有，只不过……尼古拉。

父　亲　怎么?

母　亲　他一直没打电话来。

父　亲　为什么他会打来?

母　亲　因为我是他妈妈。我留言给他，但是他没有回电话。
　　　　就跟以前一样。我不懂为什么他从不报个平安，为
　　　　什么他从不回来看我。从来没有。好像我已经不在了
　　　　一样。

父　亲　他在忙吧。

母　亲　忙什么?

父　亲　呃? 我不晓得。忙着生活啊。

她耸耸肩。停顿片刻。

母　亲　所以呢?

父　亲　怎么?

母　亲　你当时人在哪里?

父　亲　什么意思，我在哪里?

母　亲　今天下午。

父　亲　在办公室，亲爱的。为什么问这个?

母　亲　没事。

停顿片刻。他看着她，隐约觉得担心。

父　亲　你怎么了？

母　亲　稍早我打电话到你办公室。

父　亲　我的办公室？

母　亲　对。稍早的时候。

停顿片刻。

母　亲　我想跟你讲话。

父　亲　嗯？

母　亲　他们跟我说你不在。

父　亲　什么时候？

母　亲　今天下午。他们跟我说你不在。

父　亲　我当时在开会。

母　亲　啊，原来如此……

父　亲　对啊。

母　亲　哦，好。

父　亲　对啊，我的秘书没告诉你？

停顿片刻。没有回应。

母　亲　（用一种无关紧要的、随意的方式，仿佛这是她第一
　　　　次问他）那你呢，还好吗？

父　亲　还好……

母　亲　（语气依然不疾不徐）今天下午，你人在哪里？

父　亲　呃？刚才不是跟你说我在办公室。

母　亲　你去开会了？

父　亲　是啊。

母　亲　你在准备你明天的研讨会？

父　亲　不是，跟这个没关系。

母　亲　（充满怀疑）啊，是吗？

停顿片刻。

母　亲　你的研讨会就是明天，对吧？

父　亲　别担心，安妮。

母　亲　我？

父　亲　是啊。你不太对劲……真的，说真的，今天晚上你不太对劲。

母　亲　才没有……哪有。你为什么这样说？你忙着带那些小贱人到旅馆开房间的时候，我整天无聊没事干，所以这样也是必然。

父　亲　（仿佛没听见）什么？

母　亲　怎么？

父　亲　你说什么？

母　亲　（仿佛刚才什么话也没讲）我说我觉得好空虚。

父　亲　说起来也是你自己的错……你什么事也不做，也不看看有什么可以当兴趣的。你就这样无所事事地待着。

所以，当然了……这个世界在你看来就显得……一成
不变。

母　亲　你希望我做什么？

父　亲　我不晓得。

母　亲　你看吧。

停顿片刻。

父　亲　你对什么都不感兴趣。自从孩子们离开家之后，仿
佛……总之，你得找点事情做。找点兴趣，还是……

母　亲　我被骗了。这就是答案。我被骗了。从头到尾。

父　亲　你在说什么？

母　亲　之前是因为孩子，没错。我照顾他们。照顾他们，就
称得上在忙。养两个孩子，这事可没那么简单。其
实，说是两个……应该是三个，包括你。因为我也要
帮你打点。而现在，我忙的是这个房子。

父　亲　的确。

母　亲　可是现在所有人都走了。只留下我一个人在这个房子
里。再也没有人需要我，甚至连一通电话也没有……

父　亲　你太夸张了……

母　亲　他从不打电话给我。从来没有。萨拉就算了。但是
他……尼古拉……连一通电话也没有……像是问问我
的近况，像是，我不晓得，让我听听他的声音。他把
我从他的人生中划掉了。

父　亲　他在谈恋爱。这很正常……

　　　　短暂停顿。

母　亲　（仿佛对自己）跟那些小贱人在旅馆开房间。

父　亲　你……你怎么了？安妮……还好吗？你看起来不
　　　　太好……

母　亲　（突然切换为正常的语调）很好啊，你呢？今天还顺
　　　　利吗？

父　亲　（困惑不解）呃？顺利。

母　亲　你下午有会议？

父　亲　你为什么这样？

母　亲　我为什么怎样？

父　亲　重复同样的话。

母　亲　你没去开会吗？

父　亲　去了啊，刚才不是跟你说了我有一场会。

母　亲　一场而已？

父　亲　对。

母　亲　所以呢？会议还顺利吗？有结论了？

父　亲　呃？对。

母　亲　太好了。真替你高兴。

　　　　停顿片刻。

父　亲　（小心翼翼）可是你……

母　亲　哦，我，我在家啊……没做什么。我收拾了家里。啊，对，我出去了一下……我出去购物了。我给自己买了条裙子，要不要我穿给你看？不过你大概不会喜欢，它不是你的风格。我买的红色的，要有点勇气才能穿，或者要等到哪个真正重要的场合。等你葬礼的时候吧，我会穿它。

父　亲　你今天喝多了吗？

母　亲　我？

父　亲　对啊。你喝酒了对吧？

母　亲　哪有。

父　亲　你没喝？

母　亲　没有。你为什么这样看着我？

父　亲　没事。

　　　　停顿片刻。

母　亲　其实，我根本就不该生小孩。

父　亲　什么？

母　亲　我很清楚。我根本不该生小孩，特别是跟你这种人。我的意思是说，一个忙着工作，有会议、有研讨会的人。

父　亲　安妮……

母　亲　这是真的……我们认识的时候，我那时几岁？二十二岁？当时那么天真无邪，怎么会晓得？二十二岁的

时候我们一无所知，不懂得人生是场巨大的骗局。我
一无所知，轻易就上当，尤其是遇到你这种人，一个
从外貌、从表面上看讨喜的人。接着啊，随着时间的
推移，我不得不深入了解，就在这时候，才发现灾难
程度之惊人。总之。我这可不是恭维，皮埃尔，但
你真是个……糟糕的父亲。真的。我老早就想跟你
说了。

父　亲　我？

母　亲　对。糟糕至极。完全是个反面教材。至少对尼古拉
　　　　来说。

父　亲　为什么这样说？

母　亲　是尼古拉告诉我的。他说他一直把你当成反面教材。
　　　　当然了，他是个艺术家。他跟我说，对他而言，所谓
　　　　失败的人生，就是像你一样。就某方面来说，我同意
　　　　他的看法。

父　亲　你知道你在讲什么吗？安妮……你知道吗？

母　亲　至于萨拉，她……好吧，她或许稍微能接纳你。嗯，
　　　　大致来说，直到她九岁、十岁的时候还可以。但我没
　　　　什么好怪她的。再怎么说，你是她爸爸。而且仔细想
　　　　想，她也不是太……不是太聪明。

父　亲　你现在说的是萨拉？你在说你女儿？

母　亲　哦，少给我摆出那副表情……这本来就不是什么秘
　　　　密。我向来就偏爱尼古拉……碍着谁了？萨拉嘛，我

不晓得……（耳语，免得被听见）她让我反感。你不觉得吗？而且是打从她出生开始，我就觉得这孩子讨人厌。那是某种具体的东西，在脸上，某种表情。不是吗？我还记得，第一天，对，她出生的那一天，我还记得那种诡异的厌恶感。

停顿片刻。

母　亲　那你呢，今天过得如何？

父　亲　你究竟都做了什么，在这段……

母　亲　（突然转为控诉）在什么？

过了一会儿。

母　亲　（淘气地）我抓到你了，对吧？你没话说了吧……

父　亲　因为我回来太晚，是吗？就因为这个，所以你在生气？

停顿片刻。

父　亲　就因为这个？

母　亲　你今天的会议拖得比预计的时间还要久。

父　亲　对。但是……

母　亲　所以呢？哪里不对吗？没有问题啊……为什么你老是要把事情复杂化？你饿了吗？

父　亲　我吃过了。

母　亲　你看吧。

停顿片刻。

父　亲　听我说……我觉得有些地方不太对劲。你……你是不
　　　　是有点累了？要不要我找医生来……

母　亲　不用，只不过……

父　亲　只不过什么？

停顿片刻。

母　亲　是那个女孩……

父　亲　哪个女孩？

母　亲　你很清楚。

停顿片刻。

母　亲　那个女孩……

父　亲　谁？

母　亲　拜托……

父　亲　怎么？

母　亲　够了……

父　亲　你的意思是……

停顿片刻。

母　亲　对。

停顿片刻。

母　亲　他爱上的那个女孩。

父　亲　尼古拉？

母　亲　对。你想会不会是她对我们有什么不满？我的意思
　　　　是，对我不满？

父　亲　不，我不这么认为。应该说，我毫无头绪。为了
　　　　什么？

母　亲　从他见到她开始。以前，尼古拉会回家看看。比如星
　　　　期天。对，不是每个星期天，但总有几个星期天。而
　　　　现在……我都留言给他了，他连回都没回。

父　亲　他长大了。

母　亲　你管这叫作长大？对我来说，这叫作无情。我无法
　　　　忍受。

父　亲　他二十五岁了。

母　亲　我很清楚他二十五岁了。

父　亲　有时你似乎忘了这一点。

母　亲　我怎么可能忘记？要不要我提醒你，他出生那天我也
　　　　在场。

停顿片刻。

母　亲　不，不是这个缘故，有别的原因。我很高兴他谈恋爱
　　　　了，住在那个……女孩家里。他爱做什么就去做。这

是他的人生。但这不能当作他忽略我的理由。我的意思是……这听起来荒谬，但是我忌妒。你能想象吗？忌妒那个……女孩，但我是他母亲啊。不，这，这不可能，这不可能。有时我心想……我根本不该跟你这样的男人生孩子。这种软弱，是遗传。好比忘恩负义会遗传，好比丑陋会遗传。

父　亲　好了，听我说……我去找个……

母　亲　不。

父　亲　怎么？

母　亲　我要你陪在我身边。

父　亲　那至少让我替你倒杯水。

停顿片刻。他离开去倒了杯水。

母　亲　我又想起你研讨会的事。你知道的，你明天的研讨会。你确定是明天早上要出发对吧？你都不知道我心里觉得你有多可笑。想到你费尽心机要替自己的缺席找个正当理由。研讨会？你这个没有想象力的人……你当真以为我在忌妒？我是忌妒，但不是因为你。我想念的是他，我的儿子。因为我正在失去他。我的小宝贝，我的喜悦泉源。至于你，我老早就失去了。多年前。所以，去找你的那些女朋友吧……总之，我早就是一个人了。我完全被骗了。

他回来了。

父　亲　你刚才说什么？

母　亲　我说你不过是个下流的家伙。

停顿片刻。

母　亲　话说回来，你今天过得好吗？

父　亲　（不晓得该怎么办）喏，给你。

母亲喝水。

母　亲　（失望）这是水？

父　亲　对。

母　亲　没有其他喝的吗？

父　亲　没有。最好不要。

母　亲　我好想来一杯……

父　亲　我知道，但是不行。喝水吧。

停顿片刻。她把水喝完。

母　亲　谢谢。

父　亲　好点了吗？

母　亲　嗯。

过了一会儿。

父　亲　你确定？

母　亲　嗯，嗯。

父　亲　好点了吗？

母　亲　嗯，好多了。

父　亲　现在，你该去睡了。

过了一会儿。

母　亲　我不累。

父　亲　总之你还是得睡一下。你该吃颗安眠药。

停顿片刻。她深深地吸了口气，试着转移话题。

母　亲　（以轻快的语调）那你呢？你今天过得好吗？

父　亲　你是故意的吗？安妮，你是故意的？

母　亲　故意什么？

父　亲　这问题你已经问过一百遍了。

母　亲　哪个问题？

父　亲　问我今天过得好不好……

母　亲　我？别胡说八道了。

停顿片刻。她突然用一种怀疑的眼神看着他。

母　亲　你的表情怪怪的，皮埃尔。真的，我没骗你。你喝酒
　　　　了吗？皮埃尔……看着我的眼睛……你喝酒了吗？

父　亲　这……

母　亲　你喝酒了。

父　亲　你在演哪一出？

母　亲　我？没有啊。我担心你，如此而已。

停顿片刻。

母　亲　说到这个，你确定是明天要去研讨会吧？

父　亲　够了。你听见没有？不要再耍我了。

停顿片刻。中断。

母　亲　我很清楚你终究会离开。所以，是明天或是任何一天
　　　　有什么差别？

父　亲　你在说什么？

母　亲　我不是笨蛋。我知道我看起来像，但我不是笨蛋。

父　亲　你在说什么？

母　亲　我很清楚你终究会离开。

父　亲　是因为研讨会你才这么说？

母　亲　现在孩子们都不在家了，再也没有什么能留住你了。
　　　　这些，我都知道。

父　亲　你在胡说八道。

母　亲　别把我当傻瓜。我知道接下来轮到你了。你们把我好
　　　　好利用完了之后，一个个都会离开。现在我再也没有
　　　　用处了。你每次不都说是为了孩子才留下来的？现在
　　　　他们已经不在这里了。所以呢？你还等什么？前方已

经没有阻碍了。

父　亲　你疯了，安妮。

母　亲　你总算能过你想要的生活了，不必再伪装。你应该大大地松了一口气吧。大大地松了一口气。再也不必编造什么研讨会、会议之类的给我听。你可以在大白天上你的那些小贱人了，从后面上她们。说到底，你知道的，你是个货真价实的渣男。要我告诉你吗，皮埃尔？

父　亲　什么？

母　亲　你是个渣男。

　　灯暗。

| 第二场 |

　　跟第一场开头同样的情境。几乎没有转场。演员的语调中性而日常。

母　亲　啊，你回来了……

父　亲　对，我回来得有点晚。你没收到我秘书给你的信息吗？

母　亲　对，对……她跟我说你在开会。

父　亲　是啊。

母　亲　一切顺利吗？

父　亲　顺利，顺利。我们总算搞定那笔交易了。

母　亲　马尔库森的交易？

父　亲　嗯，总算十拿九稳了。

母　亲　太棒了。你应该很高兴吧。

父　亲　我累坏了。你呢？还好吗？

母　亲　还好，没什么特别的事。

父　亲　你都在家？

母　亲　对，我稍微把家里收拾了一下。

父　亲　吃过了吗？

母　亲　吃过了。冰箱里还有一点鸡肉，如果你要吃……

父　亲　不用了，谢谢。我不怎么饿。

停顿片刻。

父　亲　你都在家？我的意思是，一整天？

母　亲　呃？对。其实，也不算。我出门购物了，买了一条裙
　　　　子。你猜是什么颜色的？红的！

父　亲　红的？

母　亲　我知道。现在就只差找个机会穿它。

父　亲　还好吗？你看起来……

母　亲　我看起来怎样？

父　亲　我不晓得。情绪低落？没有吗？

母　亲　没有，没有。

停顿片刻。

母　亲　说到这个，我想跟你说……我留了信息给尼古拉，约
　　　　他星期天来吃午餐，跟……

父　亲　跟埃洛迪?

母　亲　对，跟她。如果他们两个一起来吃午餐，我会很开
　　　　心。你觉得呢?

父　亲　这个星期天?

母　亲　对。刚好是那个节日……

父　亲　但你明明知道那天我不在。

母　亲　怎么会?

父　亲　我有研讨会啊，安妮。我跟你说过了……

母　亲　在第戎的那个?

父　亲　是啊，我明天一早出发。

母　亲　可是我以为是……研讨会要开到星期天?

父　亲　当然。研讨会总共四天……你能不能跟他们说改到下
　　　　星期? 如果不行，那就算了，你们自己吃。只是我如
　　　　果能看到他们也会很开心……

母　亲　反正，他根本连回都没有回。我留言给他，他有时候
　　　　要拖个一星期才会回电话。

父　亲　好，你要怎么做都好。再跟我说。

母　亲　好。

停顿片刻。

母　亲　我不晓得为什么他从来不回电话给我。

父　亲　尼古拉？

母　亲　对啊，我会留言给他。有时候他要拖一个星期才回
　　　　电话。

父　亲　这很正常。

母　亲　你觉得这很正常？

父　亲　我的意思是……他有他的生活。

母　亲　我也是，我有我的生活。但这不影响我想念他啊。

　　　停顿片刻。

父　亲　他大概明天就会打给你吧。

母　亲　是的。

　　　停顿片刻。

母　亲　那你呢？所以你明天出发？

父　亲　对。明天早上的火车。

母　亲　我猜你一定还没整理行李。

父　亲　为什么这样说？

母　亲　因为我太了解你了。我对你的了解远超过你的想象。
　　　　你在想什么我一清二楚，皮埃尔。一清二楚，你知
　　　　道的。

　　　她紧紧盯着他，仿佛在这句"你在想什么我一清二楚"

背后，藏着研讨会、在旅馆的那些下午、即将到来的出发、在第一场出现但没有在这里出现的种种。

父　亲　为什么这么说？

母　亲　因为我嫁给你好多年了。你知道我们结婚多久了吗？

父　亲　当然知道。

母　亲　几年？

父　亲　（想办法拖延时间）嗯？

母　亲　几年？

父　亲　几年？这还不简单……

母　亲　二十五年。

父　亲　对，没错。二十五年了，幸福啊。

母　亲　就在刚才，我在重新思考这一切，思考我们的婚姻。没错。我心想……你能想象吗，当时我是那么年轻……才二十二岁，跟萨拉同样的年纪。

父　亲　萨拉二十三岁了。

母　亲　什么？

父　亲　我说，萨拉二十三岁了。

母　亲　也是。总之，我要说的是，当时的我比她还年轻，比我们的孩子都年轻。

父　亲　是啊。

母　亲　我觉得这一切好像假的。

父　亲　是啊，时间过得很快。

母　亲　太快了，对吧。我觉得仿佛是昨天的事。

短暂停顿。

母　亲　昨天。而明天，你就要离开。

父　亲　我要去的地方没有多远啊。

母　亲　有，就是有。你走远了，你走得太远了。你⋯⋯

父　亲　第戎而已，你觉得远吗？

母　亲　哈？

父　亲　你觉得第戎很远吗？

母　亲　不远。你说得对。

父　亲　搭火车两小时而已。

突然，她的表情显得很悲伤。短暂停顿。

母　亲　你真要我告诉你，皮埃尔⋯⋯

父　亲　告诉我什么？

停顿片刻。

父　亲　什么？

母　亲　没什么。没事。

灯暗。

　　　　　　　　　　　　　　　　　幕　落

第二幕

| 第一场 |

隔天早上。母亲已经在场。父亲进来。

父　亲　你已经醒了?

母　亲　哦,你今天早上手脚还真快!怎么回事?

父　亲　呃?我迟到了,我起得太晚了……

母　亲　你迟到了?

父　亲　对。我要搭火车啊。我迟到了。你呢,还好吗?睡得
　　　　好吗?

母　亲　不好。

父　亲　我昨晚听见你有些动静。你半夜起来了,对吧?你没
　　　　睡吗?

母　亲　没有。嗯,应该说几乎没有。这么明显吗?

*母亲很明显处于一种焦躁的状态。父亲扣好他衬衫的最
后一颗扣子。*

父　亲　什么?不会啦。不过,发生了什么事吗?

母　亲　他回来了。

父　亲　谁?

母　亲　尼古拉。他在家。

父　亲　尼古拉？他在哪儿？

母　亲　在他房间。他在睡觉。

父　亲　啊，是吗？他回家做什么？我的意思是，他怎么
　　　　没说……

母　亲　他半夜回来的，现在还在睡。

父　亲　为什么他会回来？他没跟你说原因吗？

母　亲　他什么也没说。

父　亲　他半夜回来的？

母　亲　对。

父　亲　但你没问他发生了什么事？

母　亲　我没有看到他。我不想吵他。

停顿片刻。她准备早餐。

父　亲　既是这样，你怎么会没睡？

母　亲　我……我不晓得。我半夜醒过来。我有种直觉，觉
　　　　得他在家，觉得他回来了。于是我起床，走进他的
　　　　房间。

父　亲　（他不相信她）安妮……

母　亲　真的。这一次他在。这一次，我没有搞错。他真的就
　　　　在家里，他在睡觉。全身衣服都没换，躺在床上。我
　　　　的孩子。

父　亲　听好……

母　亲　怎么？

父　亲　你确定他在这里？我的意思是，你确定……

母　亲　呃……我才跟你说过……

父　亲　对，我知道。

母　亲　所以呢？不如就继续当我是疯子吧，趁你还在这里的
　　　　时候。

停顿片刻。

父　亲　我去看看他。

母　亲　不要去。

父　亲　怎么？

母　亲　你会吵醒他。去喝咖啡吧，他大概也快醒了。

停顿片刻。他犹豫着。

母　亲　趁这时候喝点咖啡吧，他等一下就下楼了。给他一点
　　　　时间起床。

父　亲　你煮了咖啡？

母　亲　嗯，自己倒吧。早餐都准备好了。

他犹豫了一下，接着走过去坐下。停顿片刻。

父　亲　你看到我的黑色西装没有？我找不到……

母　亲　挂在玄关呢吧，我猜。

父　亲　啊。

短暂停顿。

母　亲　看到他真的让我好开心。你不开心吗？

父　亲　听你这样讲，好像我们多少年没见到他一样。

母　亲　我觉得已经好多年了。

父　亲　（又看了一次他的表）我迟到了。我真的得走了。

母　亲　嗯。

父　亲　我的火车大概已经……总之，我马上就得出门了。

母　亲　嗯，我知道。去第戎嘛。

父　亲　真不懂为什么我这么晚才醒来。

母　亲　是我把你的闹钟关掉的。

父　亲　什么？

母　亲　是我把你的闹钟关掉的。

停顿片刻。

父　亲　（仿佛刚才没人说话似的）都是因为我的闹钟没响。

母　亲　啊，是吗？

父　亲　对啊。

母　亲　（不太在意这个话题）啊……

停顿片刻。父亲喝着咖啡。

母　亲　依你看，他为什么会回家？

父　亲　谁？

母　亲　尼古拉……他为什么会回来？

父　亲　（还是不相信这回事）可是，安妮……

母　亲　我在问你呢。

父　亲　（配合她）我怎么会知道？我不晓得……为了看我们。为了看看你啊。

母　亲　大半夜的？如果要回来看我们，他不会在大半夜回来。照常理来说，他很清楚大半夜是我们睡觉的时候。

父　亲　你想说什么？

母　亲　我在想会不会是……

父　亲　会不会是什么？

母　亲　我在想他会不会是跟那个谁分手了。

父　亲　埃洛迪？

母　亲　对，跟她。对吧？我马上就想到这件事了。昨天晚上，看到他在他床上的时候，我心里就想，他一定是跟埃洛迪分手了。

父　亲　你确定？

母　亲　我不晓得。或许吧。要不然，他怎么会回到这里？我的意思是，大半夜的，都没先说一声……

　　　　短暂停顿。

父　亲　或许你是对的。

母　亲　如果是这样的话，他就会回家住……

父　亲　也可能有其他原因。

母　亲　啊，是吗？什么原因？

父　亲　我不晓得。他会说吧。

母　亲　绝对是这个原因，我确定。他跟那个……女孩分手
　　　　了。不过我一点也不意外。他太敏感了，要怎么跟那
　　　　样一个……女孩住在一起。没错，他们一定是吵架
　　　　了。所以他会回家住。

　　　　过了一会儿。

母　亲　我真是太高兴了。

父　亲　安妮……

母　亲　你那是什么表情，好像这是个坏消息一样。

父　亲　如果他跟埃洛迪吵架，我不觉得这是什么好消息……

母　亲　重新跟儿子一起生活，这是我所能遇到的最棒的事
　　　　了。再加上你的死。

父　亲　你说什么？

母　亲　这当然是个好消息啊。

父　亲　你刚才说什么？

母　亲　这是个好消息。谁晓得你不在的这四天会发生什
　　　　么事？

父　亲　你在讲什么？

母　亲　到时我可能会感到好寂寞……谁晓得我们在这样的时
　　　　刻会做出什么事。比如说，也许会吞下一整盒安眠

药。也许安眠药里头还混入了其他的药。然后躺在床
上，然后慢慢地，进入死亡。

父　亲　你在胡说什么？

母　亲　我是说，现在没事了。就算你离开，我也不觉得有什
么关系了。因为，没错，本来，本来你要去研讨会真
的让我很伤心。我指的是，你不带我去。

父　亲　（有点激动）那是研讨会，安妮……我不会带你去研
讨会这种场合。我去研讨会是为了工作，不是去度
假。场地在第戎就是证据。该死！

　　　　停顿片刻。

母　亲　有时候，我会梦到我把你杀了。我最爱这样的梦了。
你看，只要我做了这种梦，我就会觉得真的得到放松
了，真的快乐似神仙。但是我懂得分辨梦境与现实。

父　亲　安妮……

母　亲　我懂得分辨啦，我跟你保证。

父　亲　你为什么说这些？怎么？是为了让我留下来？

　　　　停顿片刻。

父　亲　安眠药什么的是怎么回事？

母　亲　只是一个念头。在我脑袋里绕来绕去。

父　亲　"在你脑袋里绕来绕去"？

母　亲　对。

父　亲　你说这些话就是为了阻止我去研讨会吧？是吧？你在情绪勒索我吗？

母　亲　（真诚地）要是你回来发现我死了，你会感到麻烦吗？

短暂停顿。没有回应。

母　亲　老实回答我。你会感到麻烦吗？

停顿片刻。

父　亲　我要取消我的研讨会。

母　亲　为什么？何必呢。一切都很好。

父　亲　不，一点也不好。

母　亲　就跟你说一切都很好。现在有尼古拉了。现在他回来了。我的孩子。

父　亲　我要取消我的"研讨会"。

母　亲　不要再提这三个字！

父　亲　哪三个字？

母　亲　不要老是撒谎！

儿子出现了。父亲相当诧异。

母　亲　尼古拉……

停顿片刻。

母　亲　你睡得好不好？

儿子走过去，坐在客厅中央。停顿片刻。暂停。

儿　子　不太好。

母　亲　你要咖啡吗？

儿　子　好啊。

她替他倒了一杯咖啡。他一脸刚睡醒的样子。停顿片刻。

儿　子　抱歉没说一声就回来了。

母　亲　有什么关系，这是你的家呀。没什么好抱歉的，我的
　　　　宝贝。对吧？

父　亲　是啊，当然。

母　亲　你爸爸得出门了，他在第戎有个研讨会。你觉得这有
　　　　可能吗？在第戎开研讨会？总之，他得走了。他要赶
　　　　火车。〔早上他的闹钟没响，是我关掉的，但他不晓
　　　　得。我知道我这样做不是太磊落，不过这是小小的报
　　　　复。而且是针对他对我所做的一切的小小报复。或者
　　　　应该说，是为了让他不再得寸进尺。〕

停顿片刻。仿佛没事发生。

母　亲　你要咖啡吗？

儿　子　好啊。

母　亲　等等，厨房里还有一点。我已经准备好了。

她离开。停顿片刻。

儿　子　（对父亲）你得出门了？

父　亲　嗯，工作。

儿　子　马上吗？

父　亲　差不多吧。我其实有点迟到了。

儿　子　她怎么了？

父　亲　她……她状况又变得不太好了。

儿　子　我还以为她比较好了。

父　亲　一阵一阵啦，你知道的。最近她有点令人担心。

儿　子　你什么时候走？

父　亲　现在。如果想赶上那班火车，我现在就得走了。

　　　　短暂停顿。

父　亲　你呢，还好吗？

儿　子　还好。

父　亲　没什么大事？

儿　子　没有，没什么大事。

父　亲　你……嗯，我……你能回来一下很好。她一直说你都
　　　　不回来看她。

儿　子　我知道。她给我留了一些信息。

　　　　停顿片刻。

儿　子　你别担心，我会照顾她。

父　亲　嗯。

短暂停顿。

父　亲　好，我得去收拾行李了。

儿　子　你跟她说了吗？

父　亲　呃？

儿　子　你跟她说了？

父　亲　没有，还没。

母亲回来了。

母　亲　来，宝贝，你的咖啡。

儿　子　谢谢妈妈。

母　亲　你要不要点别的？面包？还是什么？要我帮你弄杯果汁吗？

父　亲　我要去收拾行李了。

母　亲　对，好的。去收拾你的行李吧。

停顿片刻。他离开。

母　亲　你不要别的了吗？

儿　子　不用，谢啦。

母　亲　你相信吗，儿子，那些什么研讨会的鬼话？

儿子耸了耸肩。

母　亲　但不重要。你最近怎么样？

儿　子　你呢？

母　亲　还过得去。看到你我很开心。

儿　子　我也是。

母　亲　发生了什么事吗？你怎么会回来？我的意思是说，怎
　　　　么会这样，一声不吭地就……

儿　子　这说来很复杂。

母　亲　你不想聊聊？

儿　子　嗯，不是太想。

母　亲　是因为她？

儿　子　妈……

母　亲　就回答我这个就好……是因为她？

儿　子　是。

母　亲　我就知道。

　　　　停顿片刻。

母　亲　你很伤心吗？

　　　　儿子"稍微"摆起臭脸。

母　亲　反正，你知道你可以留在这里，想留多久就留多久。
　　　　你不会吵到我们的。

儿　子　妈妈你真好！

母　亲　你想留多久就留多久。

儿　子　好。

母　亲　你觉得你会在这里留很久吗？

儿　子　我不晓得。再看看。

母　亲　你们分手了吗？

　　　　停顿片刻。

母　亲　她劈腿了吗？

儿　子　呃？

母　亲　她劈腿了吧。

儿　子　为什么这样说？

母　亲　我猜的，如此而已。她大概跟别的男生上床了，然后被你发现了。是这样吗？一定是吧。每次都是同样的套路。她跟别的男生上床了。更别说她跟那个人在一起时，大概比跟你在一起快活一百倍。她一定觉得更快活，一定的。我懂你那种被击倒的感受，我的宝贝。那就像是被一拳打在胸口上。不，我懂你的心情，最好是把这段感情做个了断。

儿　子　我只是回家睡一下。妈。睡一晚而已……

母　亲　可是你知道的，你想留多久都可以……

儿　子　我知道，你刚才已经说过了。

　　　　停顿片刻。

母　亲　那你是怎么发现的？你当场抓到他们了吗？

儿　子　什么？

母　亲　抓到她跟另一个男的……你提前回家，然后看到另一
　　　　个男人的手，是吧？

儿　子　我们只是吵架而已。

母　亲　然后你就离开了公寓？

儿　子　对。

母　亲　你做得好。

儿　子　你从来就没真的喜欢过她……

母　亲　谁？

儿　子　埃洛迪。

母　亲　我觉得她很普通。

儿　子　埃洛迪？

母　亲　对。而且蛮丑的。总之，外表是这样。而且不是什么
　　　　好人，从道德角度来看。

他笑了。

母　亲　怎么？你为什么笑？

儿　子　没事。

母　亲　有。告诉我。

儿　子　她也一样，她不太喜欢你。

母　亲　啊，是吗？为什么？她说了什么？

儿　子　她说你妨碍我的生活。她说——

他们彼此直视着对方。此时出现某种声响，让母亲与儿

子之间这种面对面的张力越来越强。儿子缓缓地，继续说。

儿　子　你没有我就不懂得怎么过日子。她说我是你的空气、
　　　　你的呼吸，你不想和我分开。她说你不想让我长大，
　　　　说你宁愿摧毁我也不想让我离开你太远。她说你爱我
　　　　爱得太多了。

　　　　停顿片刻。尴尬。

母　亲　我真不晓得她从哪里编出这些的。

　　　　停顿片刻。他们还是直视彼此。

母　亲　"爱得太多"，这是废话。我们没办法爱得太多。爱，
　　　　或是不爱。这样而已。不是吗？你不认同？

　　　　儿子笑着。

母　亲　会跟你讲这种话，看来她没有多爱你。
儿　子　她爱我，我知道。
母　亲　（怀疑）她爱你？还对你做了这些事？也许我是爱你
　　　　爱得太多，好，就当作是这样好了，那你想听我说
　　　　吗……她让你难过成这样，她爱你爱得不够。

　　　　灯暗。

| 第二场 |

几乎是立刻接下去。母亲和父亲正在吃早餐。父亲就坐
在上一场结束时儿子所在的位置。

父　亲　我迟到了，我没听到闹钟响。我不能拖太久，不然会
　　　　搭不上火车……你呢，还好吗？睡得好吗？昨晚我听
　　　　到你有些动静。你半夜起来了，对吧？你没睡吗？

母　亲　没有。嗯，应该说几乎没有。这么明显吗？

突然儿子走进来。

母　亲　尼古拉！

儿　子　早安。

母　亲　（对父亲）看吧，我就跟你说他等一下就下楼了。
　　　　（对儿子）你睡得好不好，我的宝贝？

儿　子　嗯？好啊。

短暂停顿。他走到沙发前坐下。

儿　子　你们呢，一切都好吗？

父　亲　你半夜回来的？

母　亲　（因为父亲而感到不快）要跟你讲几次你才会把话听
　　　　进去？来，喝点咖啡，会让你舒服点。

儿　子　好啊，谢啦。

44

停顿片刻。

母　亲　你爸爸等一下就要走了。

父　亲　我得走了。我有个研讨会。

儿　子　啊，是吗？

父　亲　嗯。

儿　子　什么时候……

父　亲　现在……我其实有点迟到了，真的很不巧。

母　亲　快去吧……不然就赶不上火车了。

父　亲　嗯。我得去收拾行李了。

儿　子　你要去多久？

父　亲　四天。是一场关于小额贷款的研讨会。

母　亲　在第戎。

父　亲　对。

停顿片刻。

母　亲　你还要不要咖啡？我帮你倒，我都煮好了。你还要来
　　　　一点吗？

儿　子　好啊，我杯子都空了。

她走出去。停顿片刻。

儿　子　快去吧，不然你会迟到。

父　亲　好，我先去忙。

停顿片刻。他没有离开。

父　亲　那你呢？你……还好吗？

儿　子　还好。

父　亲　没什么大事？嗯，其实，我是想说……

儿　子　你想说什么？

父　亲　呃？没事。没什么，哈……

儿　子　嗯。抱歉没说一声就回来了……

父　亲　没事，这有什么。你妈很高兴。她常说她很少看
　　　　到你。

儿　子　我知道，她会留言给我。

父　亲　她常常一个人，你知道的。自从萨拉走了以后。

儿　子　她周末会回家不是吗？

父　亲　萨拉吗？有时候会，但不常。

儿　子　那你呢，你在家吗？

父　亲　在啊，在。我在。

短暂停顿。

父　亲　也没办法每天都在就是了。

短暂停顿。

父　亲　总之，工作嘛。

停顿片刻。

父　亲　我们得关心一下她。

儿　子　嗯。

父　亲　好，我要去收拾行李了。

　　　　母亲回来了。

母　亲　来，咖啡来了。从前你早上都喝茶，你记得吧？

儿　子　对。

母　亲　以前你都不喝咖啡。是从……反正，现在你都喝咖啡了。

父　亲　我先去忙。

　　　　他离开。停顿片刻。

母　亲　你要不要点别的？面包？还是什么？

儿　子　不用，谢啦。这样很好。

母　亲　你确定？

儿　子　对。

母　亲　昨天半夜我起来的时候，看到你挂在玄关的外套。就因为这个……你的黑色外套。反正，我就知道你在家了。

儿　子　我本来想先跟你们说，但是……

母　亲　不需要先说，这里是你的家。

　　　　停顿片刻。儿子喝着咖啡。

母　亲　刚才，我又想到从前，那时你还小……早上我比你们
　　　　早起，替你们准备早餐……你记得吗？我以前好喜
　　　　欢做这些。把你们的小碗一一在桌上摆好，烧水，从
　　　　冰箱里把果酱拿出来。然后你们起床……就像一场仪
　　　　式，我好喜欢。接着送你们去上学……你记得吗？今
　　　　天早上我又想到这些。我好喜欢我人生的那段时光，
　　　　你知道的。那么喜欢。我觉得，对，没错，那段时光
　　　　我真的很幸福。

　　　　停顿片刻。儿子没在听。母亲意识到了这点。

母　亲　我希望至少你没出什么问题。
儿　子　还好。

　　　　停顿片刻。

母　亲　你们……
儿　子　什么？
母　亲　你们吵架了，是吗？
儿　子　嗯……我不太想说。抱歉。不过……总之，你知
　　　　道的。
母　亲　没关系。
儿　子　我……
母　亲　好，好。
儿　子　抱歉，可是……

母　亲　没事，没事。我知道。

儿　子　嗯，我……

母　亲　无论如何，看到你总是让我很幸福。你是我的宝贝，你知道的。我永远是你的依靠。

儿　子　谢谢妈妈。

她亲吻他的头发。

母　亲　我的小心肝……你有干净的衣服穿吗？有衣服要我帮你洗吗？

儿　子　我……我不知道。楼上房间里应该还有我的衣服。

母　亲　我猜应该没几件，那时候你都带走了。

儿　子　啊，是吗？

母　亲　是啊。要不然，你可以先拿你爸的衣服穿。

儿　子　我再看看……

母　亲　好。不过你打算留到……你知道这个星期天，是那个什么节……

父亲一边说话，一边走进来。

父　亲　抱歉我这么快就得离开。不过我真的得走了。

母　亲　嗯，我们理解。

父　亲　好。那我走啦。我已经迟到了。

短暂停顿。

父　亲　我再打给你们。

　　　　他准备出门。儿子站起来。

儿　子　你这就要走了?
父　亲　什么意思?
儿　子　你没有什么想说的?

　　　　停顿片刻。

父　亲　(不自在)我……其实, 我得……对, 就是要……把
　　　　状况厘清一下, 你说的是这件事吗? 面对……其实是
　　　　一个"复杂"的状况。这里头有一些说起来算是蛮
　　　　"重要"的挑战。小额贷款这方面。不过我到了就会
　　　　打给你们, 好吗? 好, 星期天见。

　　　　他走了。停顿片刻。

母　亲　好了, 他离开了。

　　　　气氛渐渐改变: 接下来的独白会在一个让人怀疑究竟是否
　　　真实的情境里进行。儿子真的回来了吗? 或者这只是母亲脑
　　　海里的想象?

母　亲　今天早上, 当我告诉他你在这里, 你大半夜回来的,
　　　　他不相信。我从他的反应看出了他的怀疑。他心想
　　　　这是我捏造出来的故事, 就为了……我不晓得。为了

找他麻烦。我告诉他你回来了，你大半夜回来的，而他冷冷地看着我，仿佛看着一个疯婆子。他心里大概在想：她装疯卖傻就为了绊住我，阻止我离开。看吧，这就是他的心声。你知道吗？要是你看到他的嘴脸……要是你走进客厅时看到他的嘴脸。他不相信，不敢相信。而我也一样惊讶。我告诉自己：太好了，他回来了，我的宝贝回来了。对吧？你回来了。不过，告诉我，你不会还要离开吧？嗯？现在你回家了，你不会还要离开吧？

短暂停顿。

母　亲　你不回答我吗？

短暂停顿。

母　亲　你为什么一句话也不说？你什么都不说，但我知道你在想什么。

突然，父亲拿着他的行李走进来。重复，仿佛他尚未离开。当他开口说话，即又回到先前的情境与氛围，仿佛是个跳接。

父　亲　好吧，很抱歉我这么快就得离开。

母　亲　你行李已经收拾好了吗？

父　亲　对，三两下就收拾好了。我不想错过火车。

停顿片刻。

父　亲　你刚才在自言自语吗？

母　亲　啊？没有啊。

父　亲　还好吗？

母　亲　嗯。

父　亲　你看起来心不在焉……

母　亲　我？

父　亲　是啊，你在想什么？

母　亲　没什么。我想起那段日子……早上我起床替你们准备
　　　　早餐的日子。还有孩子们。你记得吗？然后，我送他
　　　　们去上学……

父　亲　记得。

母　亲　你记得？有时候，我会怀念起那段日子。

父　亲　（温柔地）总之，再试着回去睡一下好吗？谢谢你
　　　　早上起来跟我一起吃早餐，但现在还早。你看起来
　　　　很累。

母　亲　是你让我很累。

父　亲　呃？

停顿片刻。

父　亲　好吧，我到了会打给你。你自己小心……

母　亲　小心什么？

父　亲　你自己啊。

　　　短暂停顿。

父　亲　好了……

　　　他亲吻她，然后拿着行李离开。

父　亲　星期天见。

　　　他对她笑了笑，出门。停顿片刻。她对儿子笑了笑。
灯暗。

　　　　　　　　　　　　　　　　　　　　　　幕　落

第三幕

| 第一场 |

隔天，客厅。母亲穿上了红色裙子。客厅里有面镜子让她可以左照右照。儿子看起来颇为沮丧。

儿　子　她还是没打给我。

母　亲　你看到我的裙子了吗？

儿　子　已经两天了。

母　亲　你离开了，尼古拉。理智点。为什么你还在等她的电话？

儿　子　我没在等。我只是发现她一直没有打给我。

母　亲　她为什么要打到这里找你？我的意思是，为什么是这里？你又没告诉她你会去哪里。

儿　子　她应该会猜到我回这里了吧。不然我还能去哪里？除了这里……

母　亲　你看到我的裙子了吗？

儿　子　新买的？

母　亲　对。我昨天买的。你喜欢吗？

她转了一圈，一派天真。

母　亲　怎么样？你喜欢吗？

儿　子　它是……红的。

母　亲　你不喜欢？

儿　子　喜欢，很适合你。

母　亲　是吗？

儿　子　嗯。

母　亲　你觉得我穿上这裙子以后，看起来几岁？

儿　子　我不晓得。

停顿片刻。

母　亲　今晚你想出门走走吗？

儿　子　去哪里？

母　亲　我不晓得。随便哪里都行。

儿　子　要做什么？

母　亲　不晓得。就出门走走。

他耸耸肩。

母　亲　转换一下心情。你这样原地打转已经两天了。

儿　子　就因为这个你才穿上这条裙子？

母　亲　我是前几天买的，没有特别的理由。这是我喜欢的颜
　　　　色啊。怎么样？想出去吗？

儿　子　我真的不太想出门，你知道的。

母　亲　出门会让你好过点。

儿　子　我真的没这种兴致。

母　亲　那正好啊。

停顿片刻。她很开心。

母　亲　我们可以找个地方吃晚餐。点些海鲜，配上好酒。怎
　　　　么样？接着呢，对了，去跳舞。出去走走，散散心。

儿　子　谢谢，但我不太想去。

母　亲　你没有回答我……你不觉得我穿上这条裙子显得比较
　　　　年轻吗？

儿　子　妈……

母　亲　怎么？不过问你个问题……

儿　子　我哪知道。

母　亲　就是个数字而已……你觉得我看起来几岁？

儿　子　我向来对数字不在行……

母　亲　我挽着你的手，你觉得别人看到会怎么想？他们未必
　　　　会觉得你是我儿子吧……他们也许会说，哟，她带着
　　　　个"小鲜肉"呢。

儿　子　不要再说了。

她靠近他。

母　亲　（依然像在玩游戏）我啊，今晚，我要跟我的"小鲜
　　　　肉"出门走走。

儿　子　我跟你说过了，我没这种兴致。

母　亲　那要怎样你才会开心？

儿　子　让我一个人静静。

停顿片刻。原本的兴高采烈消失。

母　亲　抱歉，你说得没错。

短暂停顿。尴尬。她重拾母亲的角色。

母　亲　要我弄点吃的吗？

儿　子　谢谢，妈妈。但你知道的……我不饿。

母　亲　你还是这么伤心？

儿　子　我觉得喘不过气，如果你真想知道的话。

停顿片刻。

母　亲　你从前就是这样，那么敏感，不像你两个哥哥，他们
　　　　要强壮多了。他们更有本钱好好过活，没像你这么
　　　　忧郁。

儿　子　你为什么这么说？

母　亲　说什么？

儿　子　我没有哥哥，妈。

母　亲　啊？

儿　子　我没有哥哥。

母　亲　我知道。

儿　子　所以呢？你在胡说什么？

母　亲　我是想说，你一直跟别人不太一样。

　　　　停顿片刻。

儿　子　才不是。只是对我来说，这个女孩就是一切。是我的
　　　　一切，你知道的。

母　亲　但离开的人是你。

儿　子　又来了。我当时没办法待在那里。

母　亲　所以呢？

　　　　停顿片刻。

母　亲　啊，你想的话，就吃颗安眠药吧，会好一点。

儿　子　安眠药？

母　亲　对。

儿　子　吃它做什么？

母　亲　如果你把安眠药跟这个，喏，这颗小药丸，蓝色的这
　　　　颗，混着吞下去，你等着看吧，会好过很多。

儿　子　这是什么？

母　亲　一种药。我一直都在吃，没停过。

儿　子　为了比较好睡？

母　亲　不是。为了过活。这会让你好过点。喏，拿去。

儿　子　谢谢。

母　亲　我啊，一直都在吃这个。

儿　子　这是干吗用的？镇静剂？

母　亲　镇静、振奋。对什么都有那么点用。

儿子拿起药丸。

母　亲　我啊，我一直都在吃。

儿子吞下药丸。

母　亲　现在，我们要试着幸福起来，好吗？我们……我带你
　　　　去吃晚餐。痛苦啊，是人生的敌人。

儿　子　我不晓得。

母　亲　我们开我的车。

儿　子　你想去很远的地方？

她又靠近一点。

母　亲　对，很远。

儿　子　有多远？

母　亲　尽可能遥远的所在。

停顿片刻。突然，一个年轻女孩出现，是埃洛迪。

女　孩　嘿。

停顿片刻。儿子起身。某种东西碎了。

儿　子　你来做什么？

女　孩　我想见你。（对母亲）早安……

母　亲　晚上好。

女　孩　哦，晚安。

　　　　停顿片刻。

女　孩　我想你一定在这里。

儿　子　（顽固）你想怎样？

女　孩　我想……我不晓得……想跟你说说话。

儿　子　说什么？

母　亲　没什么好说的。

女　孩　这太残酷了。我……我不懂你为什么那样离开。那么
　　　　突然。

儿　子　（几乎是具有攻击性地）你不懂为什么？

女　孩　我懂。但我觉得实在太突然了。

母　亲　早该想清楚的。现在太迟了。

儿　子　妈。

母　亲　怎么？

　　　　停顿片刻。

女　孩　我知道你们不欢迎我。一切都是我的错，我接受。
　　　　但我不想继续这样。我得跟你谈谈。我已经两天没
　　　　睡了。

　　　　儿子似乎有所动摇。停顿片刻。

女　孩　你没有话要说吗？说点什么……

儿　子　没有。

　　　母亲有点担心。时间暂停。

母　亲　尼古拉……

儿　子　干吗？

母　亲　说点什么。

儿　子　我有点犹豫。

母　亲　什么？

儿　子　我不晓得要怎么办。

　　　母亲和儿子在女孩面前对着话，仿佛她不存在，或仿佛她是个物品。

母　亲　别让人牵着鼻子走。尼古拉，看看她……

儿　子　就因为这样……

母　亲　你可要看清楚啊，尼古拉。她们每次玩的都是同样的把戏。

儿　子　*（像个孩子）*我正让人牵着鼻子走，妈妈。

　　　他仿佛被催眠。

母　亲　她来找你，讲上两句话，而你，你就又要陷进去了？

儿　子　*（眼睛离不开女孩）*你说得没错，但她好美。

母　亲　她好美、她好美……话也不用讲得这么夸张。

儿　子　是没错，但你看她看我的眼神。

母亲靠近，想看女孩怎么看她儿子。

母　亲　我没看出有什么特别的。

儿　子　你没看到吗？

母　亲　没有。就只是一个女孩看着你而已。就是你人生中会
　　　　遇到的十几个女孩中的一个而已。

儿　子　（一股诗意的冲动）是她的眼帘。

母　亲　什么，她的眼帘？她的眼帘怎么了？

儿　子　她的眼帘让我心慌意乱。

短暂停顿。他仍然处在被催眠的状态。母亲在担心。

母　亲　（脆弱）尼古拉，我们本来要去吃海鲜，就我们俩。
　　　　还要去跳舞。今天晚上……我们本应该一起度过这个
　　　　夜晚的。你还记得吗？你该不会突然反悔吧？告诉
　　　　我，你该不会突然倒戈，然后丢下我一个人吧？

女　孩　（冷漠）他当然会反悔。我既年轻又漂亮。

母　亲　什么？

女　孩　我二十五岁。我年轻。就跟他一样。我们想享受人生。

母　亲　那我呢？

女　孩　那您，什么？

母　亲　那……在这整件事里，我会落得什么结局？

　　　女孩耸耸肩。很明显，她在嘲笑她。

母　亲　我想吐。

女　孩　拿去。

母　亲　这是什么？

女　孩　一条手帕。

母　亲　我没说我想擤鼻涕。我说我想吐。而现在，我想哭
　　　　了。把手帕给我。

女　孩　您就哭吧。

儿　子　是啊，妈妈，你就哭吧。

　　　停顿片刻。

儿　子　还好吗？

　　　母亲耸耸肩。

女　孩　（几乎是不耐烦地）好了，我们走吧？

儿　子　嗯，差不多要走了。

母　亲　你们不想吃点什么吗？

儿　子　（看着女孩）你……

女　孩　（冷漠）不了，谢谢。我们应该会找个餐厅吃晚餐。

母　亲　哪一种餐厅？

女　孩　（仿佛是为了让她美慕）海鲜餐厅。

母　亲　海鲜餐厅？

女　孩　对。

母　亲　那喝的呢，你们要喝什么？

女　孩　一瓶好酒吧，我想。

儿　子　对。

母　亲　白葡萄酒？

女　孩　应该是吧。

母　亲　那我呢？我要做什么？

女　孩　您，您就一个人留在这儿吧……您可以吃点饼干。

　　　　短暂停顿。

女　孩　我们啊，用完餐之后，我们会做爱。激烈，美好。他
　　　　会在客厅的桌子上操我，我的身体会撞击到木头桌
　　　　子，然后发出……（缓慢而充满情欲）啪……啪……
　　　　啪……啪……

　　　　短暂停顿。尴尬。

儿　子　好了，我们要走了，妈妈。

女　孩　对，我们有好多好多的话要说。

儿　子　是啊。

女　孩　好多好多的事要做。

儿　子　（笑着）对。

女　孩　那就跟您说声再见啰。

母　亲　你们不再多留一会儿吗？

女　孩　不了，还是现在离开比较好。

母　亲　我这里有一瓶酒……要是你们走了，我就自己喝。我
　　　　怕会跟这些药混在一起，我现在吃的这些药……那可
　　　　能会有点危险。

女　孩　谢谢，但我们想先走了。

　　　短暂停顿。

儿　子　我……妈妈，谢谢你，谢谢这一切。

女　孩　对啊，谢谢。我可以叫您"妈妈"吗？

　　　没有回应。

儿　子　好吧。

女　孩　嗯，不早了。

儿　子　那我们就跟你说再见了哦，妈妈。

　　　母亲什么也没说。

儿　子　那，再见哦……

女　孩　嗯，再见哦，"妈妈"。

　　　女孩笑着。她的笑容必须让人感受到一股残酷的气息。
他们离开。母亲独自停留了一会儿。

| 第二场 |

母亲给自己倒了一杯酒。她喝着。缓缓地。突然有人按门铃。她去开门。女孩穿着一条红色裙子。

女　孩　早安。

母　亲　晚上好。

女　孩　哦，晚安。我……抱歉打扰您……我……我没打扰您吧？

没有回应。短暂停顿。女孩失去了前一场的自信。

女　孩　我没打扰到您吧？

母　亲　那要看我们怎么定义所谓的"打扰"。

短暂停顿。

女　孩　我……我要找尼古拉。我想他人应该在这里。

母　亲　您要做什么？

女　孩　我想跟他谈谈。他不在吗？

没有回应。

女　孩　我想他应该会在您这儿。

母　亲　他不在这里。

女　孩　啊，是吗？所以他没有在这里过夜？我的意思是……

您没有他的消息吗？我到处在找他。

没有回应。

女　孩　您不知道他在哪里吗？

母　亲　他出去了。我想他等一下就会回来。

女　孩　无论如何我一定得跟他谈谈。如果我在这里等，会打扰到您吗？

母　亲　但我得走了，现在……

女　孩　啊？

母　亲　嗯，我得出门。真不巧。您有话要我替您转达吗？

女　孩　您可以请他给我回电话吗？

母　亲　我会跟他说的。

女　孩　好，拜托了。请告诉他这很重要。我得跟他谈谈。无论用什么方式，我得跟他谈谈。

母　亲　好，我会告诉他。

停顿片刻。女孩没有离开。

女　孩　他跟您说了吗？他跟您说我们吵架了吗？

母　亲　嗯，当然。

女　孩　这实在太荒谬了。

她走进客厅。

女　孩　这一切毫无意义。我不懂他为什么就那样离开。那么突然。我们不能就这样断了一切联系，连谈都没谈。

母　亲　您想要什么，埃洛迪？

女　孩　我想要……我想要他知道我有多珍惜他。我一整晚没睡。

母　亲　看得出来。

女　孩　您发现了？

母　亲　嗯，您脸色很差。换作我是您，我会去睡一觉。

女　孩　在跟他谈谈之前我没办法睡。

母　亲　我已经跟您说了，他不在家。

女　孩　那我该怎么办？告诉我……我该怎么办？

母　亲　也许您可以让他静一静。然后，换条裙子。

女　孩　裙子？为什么？我的裙子怎么了？

母　亲　这条裙子没办法突显您的优点。这红色啊，是很美没错，但在您身上显不出来。我啊，我刚买了一条。您看，您不觉得这裙子很适合我吗？

女　孩　的确。

母　亲　我觉得它让我变年轻了。

女　孩　或许吧，没错。

母　亲　我想今晚我们会出门。透透气。您知道吗，我希望让他转换下心情。几个月以来他都因为您而郁郁寡欢。但之后就会好多了。我们会很幸福。

停顿片刻。女孩乱了阵脚。

女　孩　您介意我抽烟吗？

母　亲　什么？

女　孩　要是我抽烟，您会介意吗？

母　亲　介意。

女孩点了一根烟，像是在挑衅。母亲看着她点烟。

母　亲　真有趣，您让我想到某个人。

女　孩　谁？

母　亲　萨拉。

女　孩　萨拉？

母　亲　尼古拉的妹妹。那种……脸上的某种表情……

女　孩　啊，是吗？我不认识她。

母　亲　自从她离开之后，我们就很少见到她了。这让我们清
　　　　净了许多。

停顿片刻。

母　亲　好了，我很抱歉，但我得出门了。

女　孩　好。

母亲走近她，从她嘴里把烟抽走，丢到地上踩了踩。

母　亲　我不想赶您出去，不过……总之，我不晓得他几点会
　　　　回来，有可能很晚。

女孩从袋子里拿出一个信封。

女　孩　那……您可以把这个交给他吗？

母　亲　呃？

女　孩　这是一封信。

母　亲　您要我交给他？

女　孩　拜托了。

母　亲　好啊。

女　孩　这很重要。

母　亲　我晚点拿给他。

女　孩　然后告诉他我在等他电话。

母　亲　好。

女　孩　这实在太荒谬了。您都不知道我有多生自己的气。

母　亲　他也是，他也很生您的气。不晓得这样说能不能安
　　　　慰您。

女孩低下头，气恼不已。

母　亲　今天早上，他还把您看作是"小贱人"。

停顿片刻。仿佛什么话都没说。

母　亲　好了。

女　孩　好，我要走了。

母　亲　嗯，这样才对。

女　孩　（错乱）抱歉，谢谢。谢谢，下次见。

母　亲　下次见……埃洛迪。

女　孩　还有别忘了那封信。

　　她离开。停顿片刻。母亲打开信封，开始读。接着把信撕毁。灯暗。

| 第三场 |

　　母亲和儿子的状态跟第三幕第一场开头一样。现场有面镜子让她可以左照右照。

儿　子　她还是没打给我。

母　亲　你看到我的裙子了吗？

儿　子　已经两天了。

母　亲　不要再重复这些了。你离开她了，为什么你还在等她的电话？

儿　子　我没在等。我只是发现她一直没有打给我。

母　亲　她为什么要打到这里找你？我的意思是，为什么是这里？你又没告诉她你会去哪里。

儿　子　她应该会猜到我回这里了吧。

母　亲　你看到我的裙子了吗？

儿　子　嗯。

母　亲　我昨天买的。你喜欢吗？

　　　　她转了一圈，一派天真。重复第三幕第一场的情境。

母　亲　怎么样？你喜欢吗？

　　　　停顿片刻。

母　亲　今晚你想出门走走吗？

儿　子　刚才……

母　亲　嗯？

儿　子　（冷漠而明确）刚才……我睡觉的时候……有人按
　　　　门铃。

母　亲　啊？

儿　子　没错。有人按门铃。是谁？

母　亲　什么时候？

儿　子　（冷漠）刚才。我睡觉的时候。是谁？

母　亲　啊？没谁。

　　　　停顿片刻。

母　亲　是邻居。

儿　子　邻居？

母　亲　对啊，怎么了？

　　　　短暂停顿。

母　亲　他只是路过。

停顿片刻。她显得不自在。

母　亲　你觉得呢？你不想吗？我们可以出门走走。你不会跟
　　　　我说你累了吧？你睡了一整天。

儿　子　要是没听到门铃响，我应该还会睡一整晚吧。

母　亲　什么门铃响？

儿　子　（想跟她对质）邻居。

停顿片刻。

儿　子　为什么你没把信给我？

母　亲　呃？

儿　子　（激动）为什么你没把信给我？

母　亲　什么信？

停顿片刻。剑拔弩张。她又开口，仿佛什么也没发生。

母　亲　我们可以找个地方吃晚餐。怎么样？接着呢，对了，
　　　　去跳舞。出去走走，散散心。

儿　子　我没有出门的心情。

母　亲　我懂。我会这样提议只是……只是想让你转换心情。

儿　子　我不想转换心情。

母　亲　那你想怎么样？

儿　子　我想一个人静静。我想睡觉。我想睡一整个星期。睡

一整个月。

他起身，走向他的房间。

母　亲　你已经要睡了？

儿　子　对。

母　亲　你不想吃点什么？

儿　子　我不饿。

母　亲　也不渴吗？要不要我拿点什么给你送到床边？

儿　子　不用。我只想睡觉。你懂吗？

他离开。停顿片刻。

母　亲　好吧。我，不如我先来准备明天的早餐。我现在就来
　　　　准备。我先把他的碗摆到桌上。要是他很早就醒来的
　　　　话。对，这就是我要做的，我来准备他的早餐。跟以
　　　　前一样。

接着她会替自己倒另一杯酒，而不是去做早餐。她喝着。
父亲拿着行李进来。仿佛准备去搭火车。重复。

父　亲　好了，我得走了。我不想迟到。

母　亲　（恼怒）我们真的开始被你的这些谎话给惹毛了！你
　　　　的那些研讨会！那些胡说八道的故事！不要再把我当
　　　　白痴了可以吗！你就不能停止？停止这样继续把我当
　　　　白痴吗？

父　亲　（非常冷静，用极为稀松平常的口吻）你确定你没
　　　　事？你今天脸色有点差。

短暂停顿。

父　亲　（用极为稀松平常的口吻）你应该找点事情做……找
　　　　点你感兴趣的……

短暂停顿。

父　亲　（用极为稀松平常的口吻）你一定很累，现在还很
　　　　早。你应该再回去睡一下。

短暂停顿。

父　亲　好了，我得走了，我不想错过火车。

母　亲　你去死。你滚！听到没有？给我滚！

她拿起东西朝他丢过去，而他刚好躲开。加速。

父　亲　你确定你没事？

母　亲　不。不，不好，一点也不好。

父　亲　你怎么了？

母　亲　我头晕目眩。

他放下行李。

父　亲　怎么会？

母　亲　因为安眠药。

父　亲　呃？什么安眠药？

母　亲　我一次吃太多了。还有蓝色小药丸。我的头快爆炸
　　　　了。还有酒精。我不知道自己发生了什么事。

父　亲　别担心，没事的。

母　亲　你确定？

父　亲　那当然。

母　亲　我害怕。

父　亲　别害怕……

母　亲　我觉得我要死了。

　　　　有人按门铃。

父　亲　你要我离开吗？

母　亲　不，我要你留下来。

父　亲　我去开门。一定是邻居。

　　　　他走过去，打开门，是那个年轻女孩。父亲对她说话，
仿佛她是另一个女孩。

父　亲　啊，是你？

女　孩　你准备好了吗？

父　亲　嗯。

母　亲　是谁？

女　孩　（对父亲）你的行李呢？

父　亲　行李打包好了。

女　孩　（暗示性地）你没忘吧，我希望……

父　亲　（笑着）没有……

女　孩　你跟她说了吗？

父　亲　呃？

女　孩　你跟她说了吗？

父　亲　没有，还没。

停顿片刻。

父　亲　好了，我们走吧？等一下。

他往母亲那边走去。

父　亲　那我走啦。我不想错过火车。我……你懂吧？很重要啊，这个研讨会。对我来说有些"重要问题"要解决。我希望你能懂。"小额贷款"领域，情况很"复杂"。我不能不去。什么？对。面对国际经济形势……对。那星期天见。

女孩走上舞台。她可以视情况捡起第三幕第二场的烟，不疾不徐地把烟点燃。不疾不徐地把烟吐到母亲脸上，仿佛是一种极具挑衅意味的行为，接着再如第三幕第一场那样，跟她说再见。

女　孩　再见哦，"妈妈"。

母　亲　萨拉……

　　他们离开。母亲双手捧着头。尼古拉出现。手上拿着
行李。

母　亲　你这是干什么？

儿　子　（无动于衷）你觉得呢？

母　亲　你要走了？

　　没有回应。

母　亲　你要抛下我？不，拜托……再多留一会儿。不要是
　　　　你……不要是现在。

儿　子　（无动于衷）我没办法。

母　亲　拜托……请原谅我。我不该那么做。我知道我错了。

儿　子　看来你想妨碍我的生活。

母　亲　怎么会……我的小宝贝……没这回事。你知道我是爱
　　　　你的。再多陪我一下……你之后再去跟她会合。陪我
　　　　到星期天，至少到星期天。你之后再去跟她会合……
　　　　我不想一个人。你懂吗？我不想一个人。

　　儿子穿过舞台。她试图挽留他。

儿　子　（暴力）住手！

　　他甩开她并且离开。留下她独自一人。她擦着眼泪，慢

慢地着手做点事情，她会把早餐准备好，摆在桌上。然后她走过去拿起电话，拨号，而电话将转接到语音信箱。

母　亲　喂，尼古拉，是妈妈……我想知道你听到我的留言没有，上次的留言。因为你没有回电话。为什么你不回家吃午餐呢？星期天你可以回来，带着……总之，你们两个可以一起回来。那，你考虑一下，再告诉我哦。

突然有人按门铃，她吓了一跳。

母　亲　等等，不要走……

她放下电话，但没有挂掉。急急忙忙走到门边。是那个年轻女孩。她可以穿着护士服，也可以不穿。

女　孩　我没打扰到您吧？

母　亲　您又想做什么？我已经跟您说过他不在家。

女　孩　不好意思，您说什么？

母　亲　要我跟您重复几次？他不在家。他不在家。他不在家。

短暂停顿。

女　孩　我是来送货的。

母　亲　送什么货？

女　孩　（对身后的其他人）好了，你们可以进来了。（对母亲）是送货员。

两个舞台技术人员搬着一张白色的床进门，放在客厅里。

母　亲　这是什么？

女　孩　一张床。

母　亲　对，我很清楚这是一张床。但为什么你们要送一张床
　　　　到我家？我已经有一张了。

女　孩　这是一张病床。

母　亲　你们要我拿这张病床做什么？

女　孩　比如说，您可以躺在上面。

母　亲　但我并不想睡觉。

女　孩　床单是干净的。

母　亲　您到底要我做什么？

女　孩　请躺下来。

母　亲　不要。

女　孩　您吃太多药了，而且您还是混着酒吃的。

母　亲　我？那又怎么样？跟您有什么关系？

女　孩　您等一下会感到不舒服。

母　亲　这是怎么回事？是谁叫你们把一张床放在我的客
　　　　厅里？

女　孩　是您的邻居。

母　亲　邻居？哪一位？

女　孩　您隔壁那位。他发现您倒在地上。幸亏您运气好，恰

巧他经过。不然您现在可能还倒在那里。

母　亲　可是我老公知道吗？我老公在哪里？

女　孩　（她查看了一下档案夹）他跟一位年轻女性去海边度
　　　　假了。他明天才会回来。母亲节那天。

停顿片刻。舞台技术人员在打闹。

女　孩　（她用带有商量意味的口吻继续）好了……请您躺到
　　　　床上去吧。

母　亲　不要。

女　孩　拜托您。

母　亲　我说不要。

女　孩　不要逼我……

母　亲　怎样？

女　孩　强迫您。

母　亲　给我出去！

*女孩对两个技术人员比了个手势，他们走近母亲。她
跑起来，想躲开他们，而这两个技术人员追着她跑，试图抓
住她。*

母　亲　不，不要！我不想！

女　孩　这会让您舒服许多。抓住她。

母　亲　不。不要。我要我的孩子！我要我的老公！我要我的
　　　　孩子！

她哭着，任由他们把她安置在白色的床上，接着用比较弱、几乎是喃喃自语的音量："我要我的孩子。我要我的房子。我要我的老公……"在她说的时候，两个男人从两边抓住她，而年轻女孩抚摸着她的脸。

女 孩 （仿佛是为了让她冷静下来）嘘……现在没事了。您会独自老去，满怀悲伤与孤独。嘘……再也没有人对您感兴趣。您会饱受折磨，而一切将回归正轨。冷静点……这会很痛苦，您会相当难受。嘘……现在没事了。您会独自老去，满怀悲伤与孤独。

女孩站起来，走过去将电话挂上。
灯暗。

幕 落

第四幕

母亲躺着。在她身旁的一张椅子上，儿子正守着她。经过好长一段时间。接着她睁开眼睛。

母　亲　发生了什么事？

儿　子　慢点、慢点。

母　亲　我们在哪里？

儿　子　你睡着了……你吃了太多安眠药，妈妈。你睡了一整天。

母　亲　我们在哪里？

儿　子　我去跟护士说一声。跟她说你醒了。

母　亲　不，等等。不要留下我一个人。

儿　子　我马上回来。

母　亲　不要。留在我身边。一下子就好……

停顿片刻。

儿　子　还好吗？

母　亲　我醒了对吗，现在？我睁开眼睛了。你看，我眼睛睁得很大！

儿　子　对，妈妈。

母　亲　这证明我真的醒了，不是吗？

儿　子　对。

停顿片刻。

母　亲　我在这里做什么？是你把我带来的？快，我们回家。

儿　子　还要再留一会儿，妈妈。

母　亲　是你把我带到这里的吗？

儿　子　有人发现你躺在客厅里。你不记得了吗？

母　亲　什么？客厅？

儿　子　一整罐。你吃了一整罐药。我们吵架之后……

母　亲　吵什么架？

儿　子　你不记得了？

母　亲　不记得。

停顿片刻。

母　亲　是因为那封信吗？是因为这个，我们才吵架的？

停顿片刻。

母　亲　我以为你不想再提了，那个女孩……

短暂停顿。

儿　子　你感觉好一点了吗？

母　亲　我起不来……

儿　子　这很正常。要再等等。

　　　　停顿片刻。

母　亲　谢谢你回来。

儿　子　难道我有其他选择吗?

母　亲　你恨我。

　　　　停顿片刻。

儿　子　我是来跟你说我要回那里去了。跟她一起生活。但是
　　　　这次,你得放手让我走。

　　　　停顿片刻。

儿　子　你不能又给我来这一出,好吗?

　　　　停顿片刻。

儿　子　这太夸张了。

　　　　停顿片刻。她闭上双眼。

儿　子　不然,我就不得不……

　　　　停顿片刻。

儿　子　你懂吗?我就不得不真的消失了。

母　亲　那现在是怎么回事？

儿　子　现在是最痛苦的时刻。

母　亲　啊，是吗？

儿　子　是。

母　亲　为什么？接着会怎么样？

儿　子　（缓缓地）现在是我要拥抱你的时刻。我要紧紧拥
　　　　抱你。

母　亲　好。

儿　子　然后我要把双手放在你的脖子上。

母　亲　啊？

儿　子　（缓缓地）没错。接着我要掐紧，用力地掐紧。然后
　　　　我会注视着你，而你会看着我。但你什么也没说，甚
　　　　至连哀求都没有。你任由自己被带领着，这一切将会
　　　　满载着温柔、美好，而你什么也没说，接着，一切将
　　　　会更好。

　　停顿片刻。

母　亲　拥抱我吧，我的宝贝。

　　他拥抱她，接着，一五一十地照着他方才说的话，慢慢
地掐着她的脖子。她任由他处置。她笑了。他们专注地凝视
着彼此。接着她断了气。

　　停顿片刻。

父亲和那个女孩进门。女孩不再穿着护士服。

女　孩　好了吗?

父　亲　嗯, 好了。他动手了。

女　孩　他是为了我。

父　亲　我想也是, 没错。

女　孩　这是一份美丽的礼物。我相信他爱我。

儿子于是转向他们, 慢慢地朝出口走去。父亲和那个女孩并排站着, 看着他离开。这一次, 儿子拿着行李, 离开舞台。

停顿片刻。

女孩冲出去追他。父亲独自停留了一会儿, 接着走向那张床, 坐下来, 摆出照护的姿态。我们重新看到第四幕开头的情景 (儿子换成父亲)。突然, 母亲从噩梦中惊醒。

母　亲　发生了什么事?

父　亲　慢点、慢点。

母　亲　我们在哪里?

父　亲　你睡着了……你吃了太多安眠药, 亲爱的。你睡了一整天。

母　亲　我们在哪里?

父　亲　我去跟护士说一声。跟她说你醒了。

母　亲　不, 等等。不要留下我一个人。

父　亲　我马上回来。

母　亲　不要。留在我身边。

停顿片刻。

父　亲　你好点了吗？

母　亲　我在这里做什么？是你把我带来的？

父　亲　我是紧急赶回来的。

母　亲　什么紧急？

父　亲　我是从研讨会上赶回来的，安妮。他们发现你在客厅里昏倒了。邻居发现你昏倒了。还好他刚好在那里……

停顿片刻。

父　亲　到底怎么回事？

停顿片刻。

父　亲　我很自责。我根本不该去研讨会的。但你看，这……

母　亲　（回到她唯一关心的主题）那尼古拉呢？

父　亲　什么？

母　亲　他在哪里？

父　亲　我给他留言了。

母　亲　他一直没打给我？

父　亲　没有。

母　亲　你觉得他星期天会来吗？

父　亲　他应该会来看你。会的。

母　亲　你告诉他了？你告诉他我在这里？

父　亲　对。

母　亲　（充满希望）那他怎么说？

父亲没有回答。我们知道他没有跟儿子通上电话。

父　亲　（为了安慰她）他会过来。他会来看你。

母　亲　你真的这么认为？

父　亲　那当然……

母　亲　不，他不会来。他永远不会来。

父　亲　他会的……别担心。我确定他星期天会来。

母　亲　我希望他会来。我留言给他，要他来吃午餐。要他星
　　　　期天来。我不知道为什么他从来都不跟我报个平安。
　　　　好像消失了一样。

父　亲　你很清楚他在忙。

母　亲　忙什么？

父　亲　我不晓得。生活啊……

停顿片刻。

父　亲　（用安抚的语气）不过我给他留言了。我确定他会来
　　　　看你。

母　亲　你觉得所有的儿子都是这样吗？我的意思是说，都这
　　　　么忘恩负义……

父　亲　事情本来就是这个样子，我想。

母　亲　他们从我们的生活中消失，他们就这样抛弃我们，头也不回。

父　亲　（温柔地）嘘……

母　亲　（感动）而我们只留下那些早晨的回忆，大清早起床替他们准备早餐，那些抹着奶油、果酱的面包和牛奶。接着送他们去上学。我们在清晨的街头，大手拉小手地走着，我们替他们背着书包，免得他们累着。然后在校门口，他们拥抱我们，充满信赖，满溢着温柔。然后他们隐没在校园里，隐没在一群孩子之中、一堆小书包里头……那么，你可以跟我说吗……这一切是为了什么？嗯？说到底……这一切是为了什么？

短暂停顿。父亲没有回答。

父　亲　他会来看你。

停顿片刻。

父　亲　他会来的。

停顿片刻。

儿子出现（或者没出现）。如同一幅影像。母亲坐起来，他们互相凝视着。

停顿片刻。

灯暗。

剧　终

父亲

悲闹剧

这出剧于 2012 年 9 月在巴黎埃贝尔托剧院演出，由拉迪斯拉斯·肖拉（Ladislas Chollat）导演，罗贝尔·伊尔施（Robert Hirsch）主演。

人物

安德烈　八十岁男性

安妮　他的女儿

皮埃尔

劳拉

一位男性

一位女性

一个小人物，焦躁地，在陌生的城市里寻找栖身之处时，赫然发现自己失去了以知识防御魔法支配的能力。……与其说他在看房子，还不如说是房子在看他。

——田纳西·威廉斯

| 第一场 |

安德烈的公寓。

安　妮　还好吗？发生了什么事？

安德烈　没事。

安　妮　爸。

安德烈　怎么？

安　妮　告诉我。

安德烈　我刚才不是讲了，什么事也没发生。

安　妮　什么事也没发生？

安德烈　根本没事。是你突然跑来我这里，说发生了什么……
　　　　　　但什么事也没发生，根本没事。

安　妮　什么事也没发生？

安德烈　没有。

安　妮　我刚跟她通过电话。

安德烈　所以呢？这能代表什么？

安　妮　她哭着离开了。

安德烈　谁？

安　妮　你不能这样。

安德烈　拜托，这里是我家，不是吗？这也太夸张了。我又不认识那个女人。我又没要她做什么。

安　妮　她是来帮你的。

安德烈　帮我什么？我不需要她。我不需要任何人。

安　妮　她说你把她当个小贱人，还是什么的，我不晓得。

安德烈　我？

安　妮　对。

安德烈　大概吧。我忘了。

安　妮　她在哭。

安德烈　就只是因为我对她……

安　妮　不是，是因为你……你好像……

安德烈　我？

安　妮　对，用窗帘杆。

安德烈　什么杆？这是怎么一回事？

安　妮　是她告诉我的。她跟我说你威胁她，人身威胁。

安德烈　那个女的疯了，安妮。用什么杆……你能想象吗？就……你看她连自己在讲什么都不知道。人身威胁？用那个……不行，她还是走了的好，相信我。她疯了，她还是走了的好，相信我。既然……

安　妮　既然怎么样？

安德烈　呃？告诉你……如果你真的想知道，我怀疑她……

安　妮　她怎么？

安德烈　她……

安　妮　怎么样？

安德烈　（耳语）我本来不想告诉你，不过我怀疑她……

安　妮　（不耐烦）她怎样啦，爸？

安德烈　她偷我的东西。

安　妮　伊莎贝尔？怎么会，你在胡说什么？

安德烈　真的，她偷了我的手表。

安　妮　你的手表？

安德烈　对。

安　妮　会不会只是单纯不见了而已？

安德烈　不会，不会，不是。我早就怀疑她了。所以我设了个
　　　　　圈套。我把手表放在一个很显眼的地方，等着看她会
　　　　　不会拿。

安　妮　哪里？你把手表放在哪里了？

安德烈　呃？就一个地方啊。我哪还记得。反正我只知道，这
　　　　　手表现在找不到了。我找不到手表了，这就是证据。
　　　　　是那个女的给偷走了。我很清楚。所以，对，没错，
　　　　　我可能用那个对她……就像你说的，这有可能。我当
　　　　　时可能有点气。好，你要这样说也行。但总之，安
　　　　　妮，什么窗帘杆……这也太……简直胡说八道。

　　　安妮坐下来。她看起来心烦意乱。

安德烈　你怎么了？

安　妮　我不知道该怎么办。

安德烈　什么事怎么办?

安　妮　我们得谈谈,爸。

安德烈　我们现在不就在谈吗?

安　妮　我的意思是,正经地谈。

停顿片刻。

安　妮　这已经是第三个被你……

安德烈　但我老早就跟你说我不需要她!不管是她还是其他人。我一个人可以过得很好!

安　妮　我好不容易才找到这一个,你知道的。事情没那么容易。我觉得她真的很不错,有很多优点,她……结果现在她不想再做下去了。

安德烈　你到底听没听我说?那个女的偷了我的手表!我的手表,安妮!那只表陪了我好多年了,我一直戴着它!是有感情的,是……我不想跟一个贼住在一起。

安　妮　(疲惫状)你检查过厨房的柜子了吗?

安德烈　呃?

安　妮　厨房的柜子。微波炉后面。你都把值钱的东西藏在那里。

停顿片刻。

安德烈　(惊愕)你怎么知道?

安　妮　嗯？

安德烈　你怎么知道？

安　妮　我就是知道。你检查过了吗？你的手表在不在那里？

安德烈　什么？检查过吧，我应该看过了。

他皱起眉头。

安　妮　爸，你要知道，我没办法每天都过来。这……

安德烈　谁要你过来了？

安　妮　现实情况。我不能放你一个人。

安德烈　你讲的什么话？说到底就是为了侮辱我？

安　妮　当然不是，这哪里是侮辱了。你要接受你需要别人帮忙的事实。其他的就不说了，至少要有人帮你采买……这些，我没办法再替你做了。

安德烈　你翻过我的橱柜吗？

安　妮　什么？

安德烈　安妮，老实说。你翻过我的橱柜吗？

安　妮　没有啊。

安德烈　那你怎么知道……嗯……有时候我……我那些值钱的东西……我的……嗯，总之，你怎么会知道？

安　妮　我早忘了，应该是哪一次不小心打开看到的。

安德烈一脸惊愕，急急忙忙往厨房走去。

安　妮　你要去哪里？

他走了出去。

安　妮　我什么都没碰，爸。别担心。你在听吗，爸？我什么
　　　　都没碰。（几乎是说给自己听）我们不能再这样下去
　　　　了。我们不能。这样下去……再也不可能了……为什
　　　　么你无法了解？

他回来了。拿着他的表。

安　妮　你找到了？

安德烈　找到什么？

安　妮　你的手表。

安德烈　啊，对啊。

安　妮　你看，你根本错怪伊莎贝尔了。

安德烈　那是因为我把它藏起来了，幸好我藏得及时。要不
　　　　然，跟你在这边说话的时候，我就不晓得是几点了。
　　　　现在下午五点了，要是你想知道的话；像我就喜欢知
　　　　道。抱歉我就是这样。我需要明确知道现在是一天里
　　　　的什么时候。你知道的，我一直都戴着这只表。要是
　　　　它不见了，我就乱了套。

安　妮　你吃过药了吗？

安德烈　吃了。可是，为什么你……你老觉得我会出什么问
　　　　题？没事的，安妮。地球继续转。你从前就这样，杞
　　　　人忧天，没来由地，就跟你妈一样。你妈就是这样，

怕这个怕那个，没事找事。但世界不是这样运转的。
当然啦……你会说还是会有某种……生活不可能事事
如意。但基本上，不会的。你懂吗？这才是重点。你
妹妹，她总是比较……比较不……她对世界就不会
这样忧心忡忡。总之，她就不会烦我。话说，她在
哪里？

安　妮　我想我接着要搬家了。爸。

安德烈　搬家，你的意思是……

安　妮　去别的地方生活。

安德烈　哦，也行啊，这样很好。

安　妮　我想我应该会离开巴黎。

安德烈　啊，是吗？为什么？

安　妮　我已经跟你说过了。你记得吗？

　　　过了一会儿。

安德烈　所以你才坚持要那个看护留在我家？是这样对吧，
安妮？

　　　过了一会儿。

安德烈　想也知道。有难老鼠先跳船嘛。

安　妮　之后我就不会在这里了，爸。你要了解这一点。

安德烈　你要离开了吗？

停顿片刻。

安德烈　什么时候？我是说……为什么？

安　妮　我遇到了某个人。

安德烈　你？

安　妮　嗯。

安德烈　你是说……男人吗？

安　妮　嗯。

安德烈　啊，是吗？

安　妮　听你的口气好像不相信。

安德烈　不是，只不过……自从你……他叫什么名字来着？

安　妮　安托万。

安德烈　哦对。自从安托万之后，应该说你就没有太多……那
　　　　　他是做什么的？

安　妮　他住在伦敦，所以我要搬去那里生活。

安德烈　你？去伦敦？你不会当真要去吧，安妮？我是说，你
　　　　　清醒一点，安妮……伦敦，那里一整年都在下雨！

停顿片刻。

安德烈　我认识他吗？

安　妮　认识，你已经见过他了。

安德烈　你确定吗？

安　妮　确定啊，爸。你见过好几次了。

安德烈　啊?

　　停顿片刻。他在记忆里搜索着。

安德烈　要是我没理解错,你要离开我了。是这样吗?你要丢
　　　　　下我一个人……

安　妮　爸……

安德烈　那我会变怎样?

　　停顿片刻。

安德烈　他为什么不来巴黎生活?

安　妮　他在那边工作。

安德烈　你也一样,你也在工作。

安　妮　的确,但我可以在家工作。我人不需要留在巴黎。

安德烈　我懂。

安　妮　你知道吗,这对我来说很重要。不然我也不会走。
　　　　　我……我真的爱他。

　　停顿片刻。他一句话也没说。

安　妮　我会经常回来看你的,像是周末的时候。但我不能放
　　　　　你一个人在这里。不可能。就是因为这样,要是你不
　　　　　愿意让看护来照顾你,到时我就不得不……

安德烈　怎么样?

停顿片刻。

安德烈 怎么样?

安　妮 你要了解这一点,爸。

安德烈 到时你就不得不怎么样?

她低下头。停顿片刻。

安德烈 安妮……到时你就不得不怎么样?

停顿片刻。灯暗。

| 第二场 |

同样的客厅。安德烈一个人。

安德烈 我得找到那个律师的电话。我得打电话给他。没错,
　　　　我活了这些年可不是为了让别人把我当傻瓜……像这
　　　　样。我得打通电话给……对,一个律师。我的亲生女
　　　　儿……我的亲生女儿……

一个男人突然走了进来。

男　人 一切都好吗?

安德烈 什么?

男　人 一切都好吗?

安德烈 您在这里做什么？

男　人 什么？

安德烈 您在我家做什么？您在我的公寓里做什么？

男　人 安德烈，是我……皮埃尔。

安德烈 呃？

男　人 您不记得我了？我是皮埃尔啊……

安德烈 谁？您在这里做什么？

男　人 我住在这里。

安德烈 您？

男　人 是的。

安德烈 您住在这里？

男　人 是啊。

安德烈 您住在我家？太扯了。这是怎么回事？

男　人 我来打个电话给安妮。

　　　他走向电话。

男　人 您的女儿……

安德烈 对，谢谢，我还知道安妮是谁！您认识她？

　　　短暂停顿。

安德烈 您是她认识的人？

　　　没有回应。

安德烈　我在跟您讲话。您认识安妮？

男　人　我是她老公。

安德烈　（慌了手脚）啊，是吗？

男　人　是的。

安德烈　她老公？那是从……很久以前？

男　人　差不多快十年了。

他拨号。

安德烈　（想掩饰自己的慌乱）啊，没错。当然。对，对。显然
　　　　　是。已经十年了？时间过得这么快啊……不过我还以
　　　　　为……你们不是离婚了吗？没有吗？

男　人　谁？安妮跟我？

安德烈　对，没有吗？

男　人　没有。

安德烈　您确定吗？好吧，我的意思是……您确定吗？

男　人　确定，安德烈。

安德烈　那么，那么英国是怎么回事？她不是应该去伦敦……
　　　　　不是吗？

男　人　（讲电话）喂，亲爱的，嗯，是我。你快好了吗？不，
　　　　　没事。但你父亲状况不太好。我想他看到你会比较开
　　　　　心。嗯，没问题。好，我们等你。待会儿见。嗯，别
　　　　　耽搁太久。不，不会，亲一个。

他挂上电话。

男　人　她很快就到了。她在楼下买东西，马上就回来。

安德烈　她告诉我她要去伦敦生活。她那天告诉我的。

男　人　伦敦？

安德烈　对。

男　人　她去伦敦做什么？

安德烈　她遇见了一个英国人？

男　人　安妮？

安德烈　对。

男　人　我不相信，安德烈。

安德烈　是真的。她那天告诉我的，我可没有疯！她跟我说她要搬家，要去跟那个男人一起生活。我还跟她说这想法很蠢，因为伦敦，那里一整年都在下雨！您不知道这件事吗？

男　人　不知道。

安德烈　糟糕。

男　人　怎么？

安德烈　我是不是说漏嘴了？

过了一会儿。

安德烈　（说给自己听）我说漏嘴了。

男　人　怎么会，您别担心。她还没跟我提，但我相信她早就打算告诉我了。

安德烈　所以那个英国人，您也不知道？

男　人　（觉得好玩）不知道。

安德烈　糟了、糟了、糟了……

停顿片刻。他把手放在男人肩上。

安德烈　好吧，打起精神来。总之，女人迟早有一天会离我们
　　　　　而去的，这是我的经验之谈。

短暂停顿。

男　人　您想喝点什么吗？反正还要等她。水，还是果汁？

安德烈　不用，但我想说……我本来要说什么？啊，对，没
　　　　　错，我想起来了。

男　人　什么？

安德烈　就因为那个女孩……

男　人　哪个女孩？

安德烈　就是那个看护啊……

男　人　劳拉？

安德烈　我不记得她的名字了。就是你老婆非要塞给我的那个
　　　　　女孩。一个看护。你知道这件事吗？好像我没办法
　　　　　一个人生活似的……她跟我说，我需要那个……什么
　　　　　的帮助，但我明明一个人过得很好。就算她要到国
　　　　　外去。我不晓得她脑筋为什么那么死板……看着我。

不，好好看看我的样子……（他思索着跟他对话的人的名字）

男　人　皮埃尔。

安德烈　对，皮埃尔。好好看看我。我还是可以一个人独立生活啊，对吧？我还没有完全……怎么？你同意吧？我又不是……（他像个老人那样尽力想展现）真的？你认同吧？你看，我的手臂还能动（他动手臂），看到没有？我的腿，我的手。总之，全都灵活得很。你认同吧？你当然会了。但她呢？我不知道她哪来的执着。愚蠢的执着。而且荒谬。荒谬。她从来就不晓得怎么评估情势的变化，说实在的，从来不晓得。这就是问题所在。一直以来都是这样。她从小就这样。该怎么说，她就不是太灵光啊，不是太……你认同吧？不是太聪明。她就跟她妈一个样。

男　人　我认为她是想尽力为您做到最好，安德烈。

安德烈　"做到最好""做到最好"……我又没要求她什么。不，我不晓得她在打我什么主意。但她在搞鬼。她在搞鬼，这我知道。我怀疑她想把我送到什么之家……真的、真的，什么之家……（他扮了个鬼脸，代表"老人"）她脑袋里打的主意，我看出了点迹象。那天她差点就脱口而出了。但我先把话说清楚了：我不会离开我的公寓！我不会离开！

男　人　这不是您的公寓，安德烈。

安德烈 什么?

男　人 您忘了您来这里,我的意思是,您来家里是因为您在等……

安德烈 什么?

男　人 是的。是在等新的看护……因为您跟上一个闹翻了……跟伊莎贝尔。

安德烈 啊,是吗?

男　人 是的。您想起来了吗?所以这段时间,您才会来家里住。

　　停顿片刻。他一脸迷茫。

安德烈 而您是安托万……

男　人 皮埃尔。

安德烈 对。所以,您这话的意思是,我在你们家?

男　人 是的。

　　安德烈笑了起来,抬头望向天空。

安德烈 简直让人难以相信。

　　门开了。女人走了进来,手上提着个袋子。她不是安妮。

女　人 看吧,我今天比较快。还好吗?有没有什么事?

男　人 没什么特别的。你爸可能有点混乱。我想他本来想……不是吗?想见到你。

女 人 不舒服吗？还好吗，爸？

他没有认出她。

女 人 爸？

安德烈 我……

女 人 嗯？

安德烈 这是怎么一回事？

女 人 你在说什么？

安德烈 安妮在哪里？

女 人 什么？

安德烈 安妮，她在哪里？

女 人 我在这儿啊，爸。我在这儿。

她发现他认不出她。她担心地看了男人一眼。

女 人 我下楼去买了点吃的。但我现在回来了啊。我在这儿，没事的。

安德烈 我……啊，是吗？那……你买了什么？

女 人 一只鸡。可以吗？你饿了吗？

安德烈 有何不可？

他看起来很茫然，脸色黯淡。

男 人 来，把鸡给我吧。我来处理。

女 人 谢谢。

他接过袋子，离开客厅到厨房去了。停顿片刻。

女　人　皮埃尔打电话给我。他说你不太舒服？

安德烈　我很好。只是……我好像漏掉了什么……我的意思是，这整件事里。

女　人　什么意思？

安德烈　很难解释。很难。你不会懂的。

女　人　我懂。

安德烈　你不懂！

停顿片刻。

女　人　你看起来在担心。

安德烈　我？

女　人　嗯。你好像在担心，你还好吗？

安德烈　很好。只是……

女　人　只是怎么样？

安德烈　（生气）我本来坐在这里。我好端端地坐在客厅里，我在找一个电话号码，结果你老公就来了，然后……

女　人　谁？

安德烈　你老公。

女　人　什么老公？

安德烈　呃？你的啊，亲爱的。不是我的。

女　人　安托万？

安德烈　你老公。

女　人　爸，我没有结婚。

安德烈　什么？

女　人　我离婚五年啦，你忘了吗？

安德烈　是吗？那这个人是谁？

女　人　谁？

安德烈　你是故意的还是怎么样？我说的就是……他啊。刚拿着那只鸡出去的那个人。

女　人　拿着那只鸡？你在说什么，爸？

安德烈　刚刚，就一分钟前的事。刚刚不是有人接过你手上那只鸡吗？

　　很明显，她不晓得他在说什么。

安德烈　那只鸡！你刚才手上明明提着一只鸡，一分钟以前！一只鸡。一只鸡！

女　人　你在说什么啊，爸？

安德烈　你让我好担心，安妮。

女　人　我？

安德烈　对，相信我，你让我好担心。你不记得？她不记得了。你记忆力有问题还是怎么回事？你应该去看医生，好孩子。我在跟你讲一件才发生不到两分钟的事。你看我的表。

他确认手表还好好地戴在手腕上。他松了一口气。

安德烈　才过两分钟而已。没错，你看我的表。有只鸡准备当
　　　　　晚餐，是你买的。

他往厨房走去。

女　人　我想你搞错了，爸。厨房里没有半个人。
安德烈　算了，简直不可思议！他刚刚还在，就两分钟前。
女　人　谁？

他离开了一会儿。

女　人　爸……

他回来了。

安德烈　他消失了。

他四处找。

安德烈　他一定藏在哪里了。
女　人　（露出一抹笑容）拿着一只鸡的男人？
安德烈　你老公。你为什么笑？为什么笑？
女　人　没事，抱歉。
安德烈　我会被你们这些事情搞疯。
女　人　冷静点。

安德烈 要我冷静？

安　妮 对。来我这里。

安德烈 有些事情对不上。相信我，安妮，有些事情对不上！

女　人 过来坐在我旁边。过来……

　　他走过去，重新坐回沙发。他一脸气恼。女人对他笑着，把手放在他身上。

女　人 好了好了，别担心。一切都会没事的。嗯？

安德烈 我不晓得。

女　人 （温柔地）真的啦。别担心。你吃药了吗？

安德烈 干吗这么问？

女　人 我们来吃药，晚上该吃的那份。吃完就会好多了。

安德烈 这阵子以来，我们周围发生了一些奇怪的事。你没发现吗？有个男人宣称这里不是我家。一个长得真的不讨喜的男人，跟你老公有点像，甚至更惨。就在我的公寓里，你想想看？这也太扯了。不是吗？在我的公寓里。他跟我说……可是……这里明明是我家吧？是不是？安妮……我明明在我家对吧？

　　她对着他笑，一句话也没说。准备让他吃药。

安德烈 不是吗？

　　过了一会儿。

安德烈 告诉我，安妮，这是我的公寓对吧，这里？

停顿片刻。她把药给他。一阵沉默。灯暗。

| 第三场 |

切换到既是同一个客厅，又像是另一个客厅的场景。有几件家具不见了：随着情节的推进，客厅里的摆设将一一消失，最后变成一个空无一物、中性的空间。安妮一个人在客厅里。她正在讲电话。

安　妮 没有，我正在等她，快了。我知道，我希望这次可以顺利点。嗯。你无法想象，有时候这真的……很难。那天他甚至认不出我来。我知道。我知道。幸好有你在，有你。好，好。不，我不觉得有其他办法。

突然，有人按门铃。

安　妮 啊，来了，有人按门铃。应该是她。好，我……先这样。好。亲一个。我也是。我也是。

她挂掉电话，起身过去开门。门开了，是劳拉。

安　妮 您好。

劳　拉 您好，我没有迟到太久吧？

安　妮　没有，没有。完全没有。请进，请进。

　　劳拉进门。

劳　拉　谢谢。

安　妮　我正在等您，请进。谢谢您今天过来。

劳　拉　应该的。

安　妮　我父亲在他房间里。我……我过去叫他。您要喝点什
　　　　么吗？

劳　拉　不用，谢谢。

安　妮　请坐。我……所以，嗯，就像我之前跟您说的，我……
　　　　他对找人来……嗯，有点不高兴。

劳　拉　这很正常。

安　妮　嗯。而且这会触碰到他某些……总之，我想他有点在
　　　　跟我生气。我跟您说这些，是想先提醒您他可能会有
　　　　一些……难以预料的反应。

劳　拉　到目前为止，他都自己住吗？

安　妮　对。在一间公寓里，离我这边不算太远。这样很方
　　　　便。我几乎每天都会过去看他一下。但时间一久，还
　　　　是必须想想其他的方案，没办法再这样下去了。

劳　拉　我明白。

安　妮　我们接连有过几个看护。不过他跟每一个都处不来。
　　　　他有他的脾气……说起来就是蛮古怪的，嗯，蛮古
　　　　怪的。所以我才把他接过来，让他住在这里。我觉得

这样对他比较好。但光靠我一个人应付不来，负担太重了。而且我得工作。我必须……嗯。就是这样，所以……总之，这就是为什么我需要有人来帮我。

房间的门开了。安德烈出现。他穿着睡衣。

安德烈　有人按门铃。

安　妮　啊，刚好……爸。我想跟你介绍，这位是劳拉。

劳　拉　先生，您好。

安　妮　我之前跟你解释过，劳拉今天会来，你们可以先认识一下。

安德烈　小姐，您好。

劳　拉　您好。

安德烈　您……真漂亮。

劳　拉　谢谢。

安德烈　不过……我……我们认识吗？我们认识，对吧？

劳　拉　不，我想不认识。

安德烈　您确定？

劳　拉　我确定，嗯。

安德烈　我觉得您有点面熟。

劳　拉　是吗？

安德烈　是啊，不是吗？我觉得我们之前就见过了。

劳　拉　也许吧。我不晓得。

安　妮　好啦。所以，劳拉是过来了解一下你的生活状况，看看她可以怎么帮你……

安德烈　我知道，亲爱的。你已经跟我讲过一百遍了。（对劳拉）我女儿很啰唆。您知道这是怎么一回事……年纪越大就越……您要喝点什么吗？

劳　拉　不，谢谢，您人真好。

安德烈　您确定？不来点开胃酒？差不多到了喝点开胃酒的时间了吧，没有吗？现在几点了？现在……我的……我的……咦……我的……等一下，我马上回来。马上回来。

　　　　他往厨房走去，离开了。

安　妮　他要去找他的手表。

劳　拉　哦？

安　妮　嗯。他是个很……一丝不苟的男人。别看他大下午还穿着睡衣。

劳　拉　也许他刚午睡起来。

安　妮　（有点尴尬）有可能吧。嗯。

　　　　停顿片刻。

劳　拉　总之，他颇有魅力。

安　妮　对啊，但不一定啦。不过，没错，大部分时间他是很有魅力。总之，他有他的脾气。

劳　拉　这样更好。

安德烈戴着手表回到客厅。

安德烈　我说得没错，差不多是喝开胃酒的时间了。我有两
　　　　　只表，一直以来都有两只。一只在手腕上，另一只
　　　　　在我脑袋里。一直以来都是这样。您要来点什么吗，
　　　　　小姐？

安　妮　爸……

安德烈　怎么？我好歹可以请客人喝点什么吧，不行吗？您要
　　　　　喝什么？

劳　拉　那您呢，您要喝什么？

安德烈　来点威士忌。

劳　拉　我也一样。

安德烈　很好。那就两杯威士忌，两杯！安妮，我就不问你
　　　　　了。（对劳拉）她不喝酒。从来都不喝。

安　妮　的确。

安德烈　从来，滴酒不沾。所以她的个性很……

安　妮　很？

安德烈　克制。她的母亲也跟她一样。她的母亲是个最……克
　　　　　制的女人，我从没见过有人像她那样。至于她的妹
　　　　　妹，她啊……她就是另一回事了。

劳　拉　您有两个女儿？

安德烈　对啊。虽然我很少有另一个的消息。埃莉斯。但这个
　　　　　小女儿才是我偏爱的。

停顿片刻。

安德烈 你有她的消息吗？我不晓得她为什么从来不跟我们联
络。这么一个亮眼的女孩，画家、艺术家。来，这杯
给您。

劳　拉 谢谢。

安德烈 敬您。

他们举杯。

安德烈 为了这杯威士忌要我拿什么来换我都愿意。您也
是吗？

劳　拉 您知道的，我没有什么值钱的东西……

安德烈 啊，没有吗？那您是做什么的？

劳　拉 哦我啊……我负责照顾……照顾其他人。

安德烈 其他人？

劳　拉 是啊。我是来帮助需要帮助的人的。

安德烈 （对安妮）就跟那些你不计代价也要塞给我的女孩
一样？

停顿片刻。

安德烈 这应该是份困难的工作吧，不会吗？一整天跟那
些……（扮了一个代表"卧床不起的病人"的鬼脸）
对吧？要是我的话，我可受不了。

劳　拉　那您呢，您是做什么的？

安德烈　舞者。

劳　拉　哇，真的？

安德烈　真的。

安　妮　爸……

安德烈　怎么？

安　妮　你本来是工程师。

安德烈　你又知道了？（对劳拉）主要是踢踏舞。

劳　拉　哇哦！

安德烈　您看起来很惊讶。

劳　拉　（笑容满面）对，有一点。

安德烈　为什么？您没办法想象我跳踢踏舞吗？

劳　拉　可以。只是就这么巧……我一直很喜欢跳踢踏舞。

安德烈　您也是？我可还留了一些绝活。哪天我为您跳上
　　　　一曲。

劳　拉　非常乐意。

　　他站起来，秀了几步，有点蹩脚。劳拉笑了起来。他停
下脚步。

安德烈　您笑什么？

劳　拉　（还是在笑）没事，抱歉，抱歉。

　　安德烈也笑了起来。

安德烈 您不相信我？

劳 拉 相信，相信。只不过……

安德烈 只不过怎样？

劳 拉 只不过……这杯威士忌。

安德烈 好，我知道了。我知道您让我想到谁了。我知道她让
我想到谁了。

安 妮 想到谁？

安德烈 埃莉斯。没错，就是这样。想到埃莉斯在她这个年纪
的时候。

劳 拉 埃莉斯？

安德烈 我的另一个女儿。年纪较小的。是个天使，不是吗？

安 妮 我不知道。

安德烈 真的，某个部分很像。

安 妮 也许吧，一点点。

安德烈 某个部分。真的。

劳 拉 嗯？

安德烈 真的。那种……那副让人受不了的傻笑模样。

所有人都停住不笑了。停顿片刻。

安德烈 您被我吓到了，对吧？哈哈。

过了一会儿。

安德烈 我就是这样。我很喜欢出其不意地吓人。这是一种特

别的幽默方式。

过了一会儿。

安德烈　（突然变得很严肃）您知道吧，情况很单纯。我住在
　　　　这个公寓里已经……很久了。我跟它的联结当然相当
　　　　深。我买这公寓已经是三十多年前的事了。您可以想
　　　　象吗？您都还没出生哪。这公寓很宽敞，很舒服，很
　　　　大。而且我在里面度过了美好的时光。总之，我女儿
　　　　在打这间公寓的主意。

安　妮　你在胡说什么？

安德烈　我在解释情况。我女儿认为我无法一个人生活。于是
　　　　她住进我家。美其名曰为了照顾我，还把那个她认识
　　　　没多久的男人给带了进来。她也不过才离婚，而且那
　　　　家伙还把她给带坏了，这我非说不可。

安　妮　爸，你在胡说些什么？

安德烈　然后现在，她想说服我，要我承认我没办法独自生
　　　　活。下一步，就是把我送到不晓得是哪个……总之，
　　　　啊，对，我知道是哪里。我知道。当然啦，为了接收
　　　　我的公寓，这样事情就好办多了。

安　妮　爸……

安德烈　不过事情不会如她所愿的。我不如先告诉你们。我不
　　　　打算离开。这一点，休想。我甚至打算替你们送终。
　　　　你们两个。完全正确。把你们两个给埋了。好，您，

我是不确定……但我的女儿，我敢肯定。我用我的名
誉担保，到时会是我继承她的遗产，不是她继承我
的。举行她的葬礼那天，我会简单致个辞，让大家知
道她多会操弄，多么没良心。

安　妮　小姐，我很抱歉。

安德烈　抱歉什么？这位小姐清楚得很。是你搞不清楚。（对
劳拉）我好几个月以来就试着跟她解释，说我一个人
也可以过得很好。但她听不进去，她拒绝听进去。那
么，既然您在这里，而且您的工作正好是"帮助其他
人"，也许您可以帮我跟她把话说清楚：我不需要谁
来照顾我，而且我不会离开我这间公寓。我只是希望
你们放过我，让我清净清净。如果您行行好，帮我跟
她解释这些，我会非常感激您。就这样。

他把酒喝完，站起来，从口袋里拿出一张钞票，丢在桌
上，好像在付账似的。

安德烈　那么，很开心认识您，我就不打扰了。

他走了。

劳　拉　您之前说他有"他的脾气"，原来不是客套话……

安　妮　不是……我很抱歉。

安妮看起来格外激动。

劳　拉　别担心。他这种反应很正常。

安　妮　不，我很抱歉。

劳　拉　一切会很顺利的，我确定。别担心。

短暂停顿。

劳　拉　一切会很顺利的。

安　妮　您觉得会吗？

停顿片刻。劳拉喝了一口威士忌。停顿片刻。灯暗。

| 第四场 |

安妮一个人。不过，她仿佛是在跟谁说话，而且像是在回应一场审讯。

安　妮　我睡不着。我明明那么累，那么累但就是毫无睡意。
　　　　于是我站起来。然后我走进他的房间。我爸的房间。
　　　　他当时正睡着。他看起来像个孩子，嘴巴张开着，表
　　　　情安详。那么安详。而我也不晓得是着了什么魔，是
　　　　一股恨意吧，我把双手放在他的脖子上，轻柔地。我
　　　　可以从我的手下感受到他心脏的跳动。像是小蝴蝶。
　　　　接着，我收紧它们，我的双手，非常用力地收紧。他
　　　　没张开眼。他没闭上嘴巴。只是等待一个艰难的片刻

过去。一分钟吧，顶多。一个艰难的片刻。静止不动，但吊诡地温柔。温柔而静止不动……当我释放压力，当我收回我的手，我感觉他不再呼吸，一切总算结束了。蝴蝶都飞走了。没错。他微微地笑着。他死了。他死了，但表情仿佛在对我说谢谢。

停顿片刻。灯暗。

| 第五场 |

安妮在摆放餐具准备晚餐，皮埃尔在看报。那只鸡正在厨房里烤着。

安　妮　不，过程还蛮顺利的，我想。她说她明天开始就会过来。

皮埃尔　来家里吗？

安　妮　嗯。

皮埃尔　那就好。

安　妮　是啊。彼此适应的第一天。我本来好怕出什么差错。但总之，没事，他很热情。

皮埃尔　就是说嘛。

安　妮　是啊。她看起来非常温柔，能力很好。他还卖力为她表演呢……

皮埃尔　真的假的？

安　妮　真的。你真该见识一下……他跟她说他以前是个舞者，跳踢踏舞的。

皮埃尔　（笑）不会吧……

安　妮　真的。她忍不住笑了。不过没有嘲笑的意思，你看。她身上有种宽厚的特质。这样我就放心多了。我不知道该怎么跟你形容。我感觉她似乎能够……总之，我感觉他们之后会处得很好，这两个人……

　　　　短暂停顿。

安　妮　他说她像埃莉斯。

皮埃尔　啊，是吗？她几岁？

安　妮　我不晓得。三十吧，差不多。

皮埃尔　漂亮吗？

安　妮　问这干吗？你对她有兴趣？

　　　　停顿片刻。

皮埃尔　你怎么了？

安　妮　我？

皮埃尔　对。你怪怪的。既然进展顺利，那不是好事吗？

安　妮　对啊，对。

皮埃尔　所以呢？你怎么了？告诉我。

安　妮　我只是……

皮埃尔　怎么？

安　妮　刚才……他认不出我的时候……就是我下楼买晚餐的时候。让我……我不晓得。反正心里就有那么点失落。

皮埃尔　我懂。

安　妮　我发现这真的好难受。

皮埃尔　好了，抱一个。

安　妮　我从他的眼神里看到的。他认不出我，完全认不出来。对他来说我就像个陌生人。

皮埃尔　你得习惯。

安　妮　我办不到。

皮埃尔　可是我觉得你做得很好。

安　妮　你错了。有时候我觉得我永远都办不到。而且他老是提到埃莉斯。我不晓得能跟他说什么，我迷失了。

皮埃尔　好了……

　　短暂停顿。

安　妮　有一天晚上，我做了个好残忍的噩梦。我梦到我掐死了他。

　　停顿片刻。她又坐了下来。

安　妮　你把那只鸡放进烤箱了吗？

皮埃尔　放了。大概再……再十分钟就好了。你饿了吗？

安　妮　不饿。

　　停顿片刻。她对他笑了笑。

安　妮　那你呢，今天怎么样？

　　安德烈走进来。他看到皮埃尔。他没认出皮埃尔。他皱起眉头。

安　妮　我们十分钟后开饭，爸。好吗？

安德烈　很好，亲爱的。我都好。我都……不过……您好。

　　皮埃尔随意地对他笑了笑。

安　妮　你饿了吗，爸？

安德烈　对，对。不过……我们今晚有客人？

安　妮　没有啊，怎么？

安德烈　没事，没事……

　　安德烈打量着皮埃尔。停顿片刻。

皮埃尔　（对安妮）嗯，没什么特别的事。今天开了好几次
　　　　　会，没什么特别的。我们还一直在等西蒙的回复，每
　　　　　次都比预期的还要晚。我希望在月底之前可以签约。
　　　　　那你呢？

安　妮　我跟你说了。劳拉来过。对吧，爸？劳拉刚才来过我
　　　　　们家。

安德烈　谁?

安　妮　劳拉。刚才来拜访我们的那个年轻女孩。

安德烈　啊,没错。

安　妮　然后,我就留在家里了。

皮埃尔　你没去上班?

安　妮　可以说没有。我跟爸在一起。

安德烈　没人看到我的手表吗?我怎么找都找不到。

安　妮　又不见了?

安德烈　我从刚才就在找了。

安　妮　你一定又把它放到壁橱里去了。对吧?在你的藏宝
　　　　箱里……

　　安德烈跳了起来,害怕皮埃尔听到"壁橱"这两个字,
继而发现他的藏宝箱。

安德烈　(以实际上是讲给皮埃尔听的语气)你在说什么,安
　　　　妮?我真的搞不懂你在讲什么。哪个壁橱?呃?这
　　　　里没有壁橱。半个壁橱也没有。不,我不懂你在说
　　　　什么。
　　　　(对安妮,几乎是耳语)你就不能小声一点吗?

安　妮　(降低音量)你看过壁橱了吗?

安德烈　我才从那边过来。表不在那里。应该是掉在哪里,或
　　　　者被谁给偷走了。

安　妮　怎么会?

安德烈 （恼怒，但还是耳语）什么叫作"怎么会"？它一定
就在某个地方，这只表！它不可能飞走！为什么你说
"怎么会"？为什么你这样讲？明明它有可能是被谁给
偷走了，我的手表。

安　妮 你要我去看看吗？

安德烈 好啊，如果你不嫌麻烦的话。这件事让我很担心。我
很担心。我丢了一堆东西，然后每个人都随便拿去
用。要是再这样下去，不用多久，我就一无所有了。
一无所有。而且再也无法知道现在几点了。

安　妮 我马上回来。

她走出去。停顿片刻。皮埃尔正在看报纸。安德烈看着
远方。他清了清喉咙，想引起皮埃尔的注意，就像我们遇到
不认识的人时会做的那样。

安德烈 咳、咳……

皮埃尔没有反应。

安德烈 咳、咳。

没反应。安德烈再度用力清清喉咙。皮埃尔从报纸后面
抬起头。

安德烈 我吵到您了吗？

皮埃尔 什么？

安德烈　我不会吵到您吗？

皮埃尔　呃？不会。

　　　停顿片刻。皮埃尔又继续看他的报纸。

安德烈　您知道现在几点吗？

皮埃尔　知道。

安德烈　啊，谢谢。

　　　短暂停顿。皮埃尔继续看他的报纸。

安德烈　所以是几点？请问一下。

　　　皮埃尔瞄了一眼他的表。

皮埃尔　快八点了。

安德烈　这么快？所以准备吃晚餐了吧……

皮埃尔　是的。就等鸡烤好。再十分钟。

安德烈　我们今晚吃烤鸡吗？

皮埃尔　对。安妮今天才买的。

安德烈　您的手表，真漂亮。它……它真漂亮。它是……它是
　　　　　您的吗？我的意思是，它是您的？

皮埃尔　什么？对啊。

安德烈　我可以看看吗？

　　　停顿片刻。他从报纸后面抬起头。

皮埃尔 对了，看来下午进行得很顺利？

安德烈 对，非常顺利。您是指哪方面？

皮埃尔 呃，就是您跟……那个看护的会面。

安德烈 哦？对。很顺利，很顺利。她非常……

皮埃尔 听说她跟埃莉斯有点像？

安德烈 啊，是吗？

皮埃尔 我怎么知道，我又没见到她。

安德烈 （始终专注在皮埃尔的手表上）没有，是很……是很
顺利。安妮看起来很高兴。这主要是为了她，您知道
的。我啊，我并不真的需要……总之，这主要是为了
安妮。我可以看看您的表吗？您的表……

皮埃尔 您说得没错，对她来说，一切顺利很重要。她很担心
您，您知道的。那件事让她非常难过，就是您跟……
吵架的时候……总之，希望这次可以顺顺利利。好
吗？希望您跟那个看护可以相处愉快。希望您可以
多给她一点……热情的接待。您对我的表有什么意
见吗？

安德烈 没有。我刚才只是在看……我想确认一下是不是……
它很漂亮。它非常漂亮。是您买的吗？

皮埃尔 什么？

安德烈 不，我的意思是……这表是礼物还是您自己买的？

皮埃尔 是我买的。怎么？

安德烈 发票您应该没留着了，我猜……

皮埃尔　您在讲什么？

安德烈　您的手表。

停顿片刻。

皮埃尔　我跟您聊的是安妮。

安德烈　您认识她？我的意思是，您……对，的确，您是她的……对吧？您是她的……

短暂停顿。

安德烈　我是她的父亲。我想说我们哪天还是会再碰面的。如果您是她的新……总之，如果你们的关系继续下去。而我，我也不知道为什么，我们向来就不怎么亲近。

皮埃尔走远。

皮埃尔　为什么您这么说？

安德烈　我跟您说了。我们向来就处不来。不像跟埃莉斯，我的另一个女儿。她啊，她真的很出色。但我已经好几个月没见到她了。她在旅行吧，我想。她环游世界。她很有成就，我没办法怪她。画家。她是画家。所以，当然了。但如果哪天她回来看我，我一定会很幸福。我会把她抱在怀里，我们就这样紧紧拥抱彼此，黏在一起好几个小时，就像好久好久以前那样，在她还小的时候，在她还叫我"我的小爹地""我的小爹地"的时候。她就是这样叫我的。很美，不是吗？
"我的小爹地"。

停顿片刻。皮埃尔慢慢走向安德烈。

皮埃尔　我可以请教您一个问题吗？

安德烈　可以。

他又靠近他一点。他前倾的姿态几乎是种威胁了。

皮埃尔　但我希望您可以直接回答我。不要耍什么伎俩……您
　　　　办得到吗？

安德烈　（乱了套）可以……

皮埃尔　那么，我的问题是……

短暂停顿。

皮埃尔　您还打算拖累这个世界多久？

停顿片刻。灯暗。

| 第六场 |

安妮和安德烈。像是白天的时候。

安　妮　我得跟你谈谈，爸。

安德烈　一听就没好事。

安　妮　你为什么这样说?

安德烈　亲爱的, 当有人跟你说"我得跟你谈谈", 就表示他想跟你说一些你不想听的话。你不觉得吗?

安　妮　不, 不一定。

　　　短暂停顿。

安德烈　所以呢? 你想跟我说什么?

安　妮　(心想这可能不是个好时机) 没有, 没有。没事。

　　　停顿片刻。

安　妮　我跟皮埃尔聊过了。

安德烈　皮埃尔?

安　妮　皮埃尔, 爸。我跟他聊过了。

安德烈　你老公吗?

安　妮　爸……皮埃尔不是我老公。我离婚了。

安德烈　那是你该知道的。

安　妮　我跟安托万离婚已经五年了。现在我跟皮埃尔住在一起, 他是跟我一起生活的男人。

安德烈　我对他没什么好感, 对那家伙。他有点讨人厌。

　　　短暂停顿。

安德烈　不觉得吗? 我个人是对他没什么好感。

安　妮　那个人不是什么家伙，爸。他是我爱的男人。

停顿片刻。

安　妮　算了。我跟他聊了……你知道的，一开始，把你接来家里，是……总之，这本来是个暂时的替代方案。你知道吧？算是个……过渡期。因为你跟伊莎贝尔闹翻了。不过……该怎么说？我心想如果……会不会比较好……你现在的房间住起来挺舒服的，不是吗？

短暂停顿。

安　妮　最里面的那个房间，你住起来还舒服吗？
安德烈　还可以。
安　妮　好，看起来你是挺自在的，跟我想的一样。我在想，这样会不会比较安全……你也会过得比较舒服，如果我们决定让你就在这里住下来。我的意思是说，长久住下来。跟我们一起住，但前提是有个谁可以帮我们。

短暂停顿。

安　妮　这样的话，我们每天都可以见到面。事情会比较单纯。你觉得呢？

停顿片刻。

安　妮　我跟皮埃尔聊过了，他也同意。

安德烈　可是……我以为……我以为你要离开这里到伦敦去
　　　　生活。

安　妮　哪有啦，爸。为什么你老是提到伦敦？我会留在
　　　　巴黎。

安德烈　我搞不懂你那些是怎么回事。你老是三心二意。这样
　　　　叫人怎么跟得上？

安　妮　但我从来就没说要去伦敦啊，爸。

安德烈　明明就有。你亲口告诉我的。

安　妮　哪有……

安德烈　我很遗憾，安妮。是你那天告诉我的，你忘了吗？

　　　　停顿片刻。

安德烈　你忘了。听好，安妮，我觉得有时候你真的有点健
　　　　忘。真的，我老实告诉你。你这样让我很担心。你都
　　　　没发现吗？

安　妮　反正，我没有要去伦敦。

安德烈　那最好。伦敦，那里一整年都在下雨。

安　妮　我会留在这里。皮埃尔也是。

安德烈　那我呢？

安　妮　你也是，爸。你留在这里。

安德烈　那你妹妹呢？她在哪里？

安　妮　爸……

安德烈　怎么？

　　短暂停顿。

安德烈　要是你知道我有多想她……

　　停顿片刻。灯暗。

| 第七场 |

　　晚上更晚一点的时候。安妮和皮埃尔坐在餐桌前。安德烈出现在厨房门口。安妮和皮埃尔都没有发现他。

皮埃尔　他生病了，安妮。他生病了。

　　安妮和皮埃尔同时发现安德烈在场。安妮跳了起来。一阵尴尬。

安　妮　爸。你怎么站在那儿？过来坐。过来吧。

　　他没回答。

安　妮　爸……

　　停顿片刻。

安　妮　爸，过来吧。

停顿片刻。

安　妮　过来坐。

停顿片刻。灯暗

| 第八场 |

几乎是立刻接下去。安妮、皮埃尔和安德烈。晚上稍早
的时候。他们正在吃晚餐。

皮埃尔　所以，一切都顺利？

安　妮　对啊，很顺利。你也这么认为对吧，爸？

安德烈　什么事？

安　妮　你跟劳拉的初次碰面啊，蛮顺利的……

安德烈　对。

安　妮　你逗得她呵呵笑。

安德烈　啊，是吗？

安　妮　是啊。她觉得你很有魅力。这是她告诉我的。她跟我
　　　　说她觉得你很有魅力。说你有你的个性，但有魅力。
　　　　她就是这么说的。她应该明天早上会再过来，开始来
　　　　家里工作。

过了一会儿。

安　妮　你还要来一点吗？

安德烈　好啊。这鸡很好吃，对吧？你在哪里买的？

安　妮　楼下。

安德烈　啊？

安　妮　怎么了？

安德烈　没事。很好吃。

安　妮　皮埃尔？

皮埃尔　不用了，谢谢。

他又替自己倒了一杯酒。

皮埃尔　她是来全天还是？我的意思是……

安　妮　是的。直到下午六点。

皮埃尔　那接着呢？

安　妮　接着什么？

皮埃尔　六点以后呢？

安　妮　我就会在了。

停顿片刻。

皮埃尔　（对安德烈，像是责备）您高兴了吧？

安德烈　高兴什么？

皮埃尔　您有个女儿把您照顾得这么好啊。不是吗？您真有
　　　　福气。

安德烈　您也是，您真有福气。

皮埃尔   是吗？

　　停顿片刻。安妮站起来，把烤鸡拿到厨房。

安德烈   她怎么了？

皮埃尔   安妮？她累了。她需要点阳光。

安德烈   要好好照顾她啊，孩子。为什么你们不出去玩？

皮埃尔   为什么？您希望我告诉您为什么吗？

　　短暂停顿。

皮埃尔   有时候，我在想您到底有多故意。

安德烈   故意什么？

皮埃尔   没事。

　　他又替自己倒了一杯酒

皮埃尔   我们原本预计两天前去科西嘉岛。

安德烈   啊？

　　安妮回来了。

皮埃尔   没错。但我们不得不在最后一刻取消。您知道为什
　　　　　么吗？

安德烈   不知道。

皮埃尔   因为您跟伊莎贝尔闹翻了。

安德烈   伊莎贝尔？

皮埃尔 照顾您的那位女士。在劳拉之前。您忘了吗？

　　短暂停顿。

皮埃尔 我们不能就这样出发，把您一个人丢在巴黎。我们只好取消度假行程，把您接来家里。然后现在的问题是，看来您应该会住下来了。长期住下来。如果我的理解没错的话……

　　停顿片刻。

皮埃尔 （对安妮）他忘了，还真了不起。
安　妮 够了。
皮埃尔 怎么？
安　妮 我觉得你有点……
皮埃尔 有点怎么样？
安　妮 刻薄。
皮埃尔 并没有，安妮。我想我非常有耐性，非常有耐性。相信我。
安　妮 你想说什么？
皮埃尔 没什么。
安　妮 有，告诉我。

　　停顿片刻。

安　妮 为什么你说你很有耐性？

皮埃尔　我想如果是我以外的其他人……

安　妮　怎么样？

皮埃尔　换成别人的话早就要你……

安　妮　怎么样？

皮埃尔　要你做该做的事，安妮。做那些该做的事。

安　妮　意思是？

皮埃尔　你很清楚。

　　　停顿片刻。

安德烈　烤鸡在哪里？你把烤鸡拿走了？

安　妮　是啊。你还想吃吗？

安德烈　对。它在厨房吗？

安　妮　我去帮你端过来。

安德烈　不用，不用忙。我自己去。

　　　他站起来，走向厨房。皮埃尔又替自己倒了一杯酒。

安　妮　为什么你在他面前说这种话？

皮埃尔　我说了什么？

　　　停顿片刻。

皮埃尔　反正，他什么也不记得。

安　妮　这不是理由。

停顿片刻。

皮埃尔 听我说……我很清楚你的感受。

安 妮 不，你不懂。

皮埃尔 我懂……我不懂的是……总之，你为他做了这么多，这部分我尊重。你决定把他接来家里住。有何不可？不过……该怎么说？我真心认为你应该考虑别的办法……他整个人已经神志不清了，安妮。

安 妮 不要这样说。

皮埃尔 你希望我怎么说？我说的是事实。这件事应该另做打算。

安 妮 什么意思？

安德烈出现在门口。他听着他们的对话。但没有人注意到他。

皮埃尔 把他送到某个机构去。

安 妮 某个养老院？

皮埃尔 对，送到某个专门的机构。

停顿片刻。

皮埃尔 这对他比较好。

安 妮 为什么你要挑今天跟我讲这些？我的意思是，既然明天早上……就有那个……

皮埃尔 对，你说得没错。也许跟那个女孩会很顺利。你一副就是想说她很好的样子。但相信我，总会有某些时刻……不管是哪个女孩……他生病了，安妮，他生病了。

安妮和皮埃尔同时发现安德烈在场。安妮跳了起来。一阵尴尬。重复。

安　妮 爸。你怎么站在那儿？过来坐。过来吧。

他没回答。

安　妮 爸……

停顿片刻。

安　妮 爸，过来吧。

停顿片刻。

安　妮 过来坐。

他一句话也没说地走了，仿佛要去就寝。停顿片刻。灯暗。

| 第九场 |

客厅，稍晚。皮埃尔独自一人。安妮出现在门边。

皮埃尔　他睡了？

安　妮　对，睡了。

皮埃尔　真是漫长的一天……

安　妮　是啊。

停顿片刻。

皮埃尔　还好吗？

安　妮　（有点恍神）他要我唱首摇篮曲给他听。你相信吗？
　　　　他要求我……唱首歌。他马上就闭上了眼睛，睡着
　　　　了。嘴巴张开，表情安详。那么安详。

短暂停顿。

皮埃尔　他听见了吗？我的意思是……

安　妮　嗯。你也看到了，他就在那里。嗯，他一定听见了。

皮埃尔　但他没跟你说什么？

安　妮　没有。他看起来是那么伤心，像个孩子一样。我不是
　　　　跟你说了，他要我唱首摇篮曲给他听。害我眼眶都
　　　　红了。

皮埃尔　我懂。

安　妮　我还记得这个男人原本的样子……我小的时候很怕
　　　　他。要是你知道……他从前很有威严。而现在，他躺
　　　　在床上，我为他唱着摇篮曲，他就这样睡着了。这简
　　　　直让我难以相信，而且悲伤。真的好悲伤。

　　短暂停顿。她看着皮埃尔杯子里的酒。

安　妮　还有吗？
皮埃尔　有。你也要来一杯吗？
安　妮　帮我倒吧。

　　他站起来，替她倒了杯酒。

安　妮　他今天晚上实在很反常。
皮埃尔　你知道我在想什么。
安　妮　我很担心。
皮埃尔　你不觉得我们可以聊点别的吗？
安　妮　好。抱歉。

　　停顿片刻。尴尬。持续很长一段时间。

安　妮　这酒不错。
皮埃尔　对。

　　停顿片刻。他们相视而笑。沉默。他们没有其他事情可
以聊了吗？

安　妮　我重新想过你刚才说的话。关于……就是你说应该把
　　　　他送到专门的机构去……

皮埃尔　啊？

安　妮　对。我心想也许你是对的。说到底，也许你是对的。

　　她一口气把酒喝光。皮埃尔对她笑着。灯暗。

| 第十场 |

　　依然在同一个客厅，而摆设继续消失。安德烈从厨房走
出来。现在是早上。他双手捧着一杯咖啡。

安德烈　我睡得好不好？我睡得好不好？我会知道吗？我？我
　　　　想应该是吧。啊。我忘了糖。糖！

一个女性的声音　（从厨房传来）我拿过去。

安德烈　好。要加在……我喝咖啡都会加糖。早上，我喝咖啡
　　　　会加两块糖。这很简单，世上有两种男人：一种会在
　　　　咖啡里加糖，另一种不会。关键在于知道自己属于哪
　　　　一种。而我，我属于会加糖的那一种。属于……抱
　　　　歉，反正就是这样。好。你可以把糖拿来吗？

一个女性的声音　（从厨房传来）好，好，马上来。

安德烈　当然不是，我没有睡好。我做了个噩梦。有个男人跑
　　　　到我家，被我逮个正着，而且他自以为这是他的家，

自以为是你老公或是诸如此类的。他威胁我。

突然，他看到一件新的家具，一件他不认得的家具。

安德烈 这是什么？谁把它放在这里的？安妮？怎么……安
妮？你至少也要问过我一声再……安妮？

劳拉走进来。

劳　拉 喏，这是您要的糖。

安德烈看到她时很惊讶。

安德烈 什么？
劳　拉 糖我帮您放两颗？
安德烈 安妮在哪里？
劳　拉 她出门了。
安德烈 啊，是吗？出门了？
劳　拉 是的。
安德烈 可是现在是几点？
劳　拉 她很快就回来了，接近傍晚的时候。我去帮您拿药。
安德烈 不，等等。
劳　拉 怎么了？

短暂停顿。他犹豫要不要让她知道他的讶异。

劳　拉 我马上回来。我只是去拿个药而已。

她走出去。他看起来因为女孩的出现而感到困惑。

安德烈 我的手表又丢了。该死。真的是。我……我……我真
该在她到之前穿好衣服的……我这样怎么见人。一身
睡衣。

劳拉端着一杯水回来。

安德烈 现在几点了？

劳　拉 现在啊，吃药时间哦。好啦，最好是现在就吃。这样
任务就完成了。好吗？今天，我们总共要吃三颗。蓝
色小颗的……就是您喜欢的那颗。小小的蓝色药丸
哦。看，这蓝色很美吧，您不觉得吗？

安德烈 我可以问您一个问题吗？

劳　拉 请说。

安德烈 您是修女吗？

劳　拉 不是。

安德烈 那您为什么用这种跟蠢蛋讲话的语气跟我讲话？

劳　拉 我？

安德烈 对。

劳　拉 但我根本没有把您当成是……相反，我……

安德烈 （模仿她）"小小的蓝色药丸哦""小小的蓝色药丸哦"。

劳　拉 我很抱歉。我没有把您当成是……

安德烈 这让人很不舒服。等您到我这把年纪您就知道了。而

且那一天很快就会到来。这让人很不舒服。

劳　拉　请原谅我。我……我不会再这样了。

安德烈　（模仿地）"小小的蓝色药丸哦"。

　　　　她把那杯水递给他。

安德烈　您都没注意到吗？

劳　拉　注意到什么？

安德烈　您认为呢？注意到这间公寓！

劳　拉　没有。公寓怎么了？

安德烈　变了。

劳　拉　是吗？

安德烈　对。比如那件家具。那边。谁把它放在那里的？

劳　拉　我不晓得。您的女儿吧，我猜。

安德烈　想也知道。我的女儿……想也知道……这实在太夸张了！他们甚至连问都没问过我。我……您知道这当中有什么阴谋吗？关于这间公寓……

劳　拉　不知道。

安德烈　我知道。我长着眼睛，长着耳朵。我什么都知道。

　　　　停顿片刻。

安德烈　关于这一点，我想说声抱歉，要是我刚才有点……上次我们碰面的时候……对，我也许有点……太过……或者不够……没有吗？

劳　拉　没问题的。您的女儿事先知会过我。她跟我说您有您
　　　　的脾气。

安德烈　啊？

劳　拉　（亲切地）是的。那您知道我回答她什么吗？

安德烈　不知道……

劳　拉　我对她说"这样更好"。

安德烈　啊？您人真好。您跟埃莉斯好像，真是不可思议。我
　　　　的另一个女儿，不是安妮，不是，是另一个，我偏爱
　　　　的那一个。

劳　拉　安妮跟我说过她的事。真是抱歉，我之前不晓得。

安德烈　抱歉什么？

劳　拉　她出意外的事。

安德烈　什么意外？

劳　拉　咦？

安德烈　您在讲什么？

劳　拉　（犹豫）没有……

　　　　停顿片刻。

劳　拉　您先吃药？然后我们再去换衣服哦。

安德烈　您注意到了吗？

劳　拉　什么？

安德烈　您注意到了吗？就是这样，您刚才……

劳　拉　呃，那么……

安德烈 您刚才的口气又仿佛我是个蠢蛋。

劳 拉 哪有。

安德烈 明明就有!

劳 拉 哪有,我……

安德烈 "然后我们再去换衣服哦……""小小的蓝色药丸哦……"

　　停顿片刻。

安德烈 只不过,我非常聪明。非常。有时候,聪明到连我自
　　　己都会吓到。您要记住这一点,明白吗?

劳 拉 是,我……我会记住的。

安德烈 谢谢。

　　停顿片刻。

安德烈 没骗您,我真的很……有时候连我自己都会吓到。我
　　　的记忆力跟大象一样好。

　　短暂停顿。

安德烈 (想要进一步说明他的想法)您知道那种动物。

劳 拉 是,是。

　　他喝了水,但没有吃药。

劳 拉 您忘了吃药!

158

他看着他的掌心。

安德烈 啊，哎哟，对……它们在这干吗，它们？

劳　拉 我再去帮您倒一杯水。

安德烈 不，不用。不用忙了。我随便配个什么……

劳　拉 真的？

安德烈 您等着看吧。配咖啡。

劳　拉 您确定？

安德烈 完全。

劳　拉 可是配……不是比较容易……

安德烈 怎么会，您看，现在。（开始一场对他来说相当于变魔术的表演）您等一下就知道了。您在看吗？注意。我把它们拿到嘴边，注意，嘿，现在它们都到我的嘴里啦。看到没有？您看到了吗？看到了吗？

劳　拉 是，是。我……我看到了。

安德烈 好。那么现在，咖啡。注意……嘿。

他把药给吞下去。

安德烈 大功告成啦。

劳　拉 了不起。

安德烈 （谦虚地）我年轻的时候练过一些杂耍。

劳　拉 啊，真的吗？

安德烈 真的。我挺有天分的，尤其是魔术。您喜欢魔术吗？

要不要我为您露一手？我需要一副扑克牌，您有吗？

劳　拉　没有。

安德烈　在哪个抽屉里面……应该有一副……我得找出来。梅花、方块、红心、黑桃！

他搓搓手。

安德烈　我一直很喜欢扑克牌。结婚之前，我经常和朋友玩牌。有时会玩到清晨。红心和黑桃！全押！让我为您秀一个您从没见过的把戏。梅花！是我发明的魔术。您等着看吧。或者应该说，等一下您什么也看不到。只有火，火，火！

劳　拉　我们要先去换衣服。

安德烈　现在？

劳　拉　对。

安德烈　（像个孩子）哦，不，不要现在……

劳　拉　要。

安德烈　哦，不。

劳　拉　要。

安德烈　换衣服做什么？到了晚上还不是要换回睡衣，不是吗？那干吗不把时间省下来。

劳　拉　说得也是。但如果您一直穿着睡衣，我们就不能出门了。

安德烈　您要去哪里？

劳　拉　公园。今天天气很好。

　　　　突然，一个男人走进来。他手上也拿了一杯咖啡。

男　人　一切都好吗？

劳　拉　很好。我们准备去换衣服。

安德烈　这……

劳　拉　您跟我来？

　　　　安德烈搞不懂这个男人在他家做什么。

男　人　一切都好吗，安德烈？

　　　　安德烈留在原地动也不动，没回答。

男　人　有问题吗？

安德烈　没事，没事……

男　人　我正想跟您谈谈。

安德烈　跟我？

男　人　对。

劳　拉　这样的话，我……我先去帮您准备一下。

安德烈　（胆小状）不，等等……

劳　拉　我等一下过来。

安德烈　不要丢下我一个人。

劳　拉　呃？我就在隔壁而已，我马上回来。

劳拉离开。我们察觉到安德烈的惊慌失措，仿佛这个陌生人的出现让他焦躁不已。我们重新回到第五场的位置和场景摆设。

男　人　我可以请教您一个问题吗？
安德烈　可以。

他又靠近他一点。他前倾的姿态几乎是种威胁了。

男　人　但我希望您可以直接回答我。不要耍什么伎俩……您
　　　　办得到吗？
安德烈　（乱了套）可以……
男　人　那么……

短暂停顿。

男　人　您还打算拖累这个世界多久？
安德烈　我？
男　人　对，您。我想知道您的感受。至少在这个问题上。我
　　　　很好奇您还打算拖累我们多久？

过了一会儿。

男　人　我的意思是，您要继续摧毁您女儿的人生吗？还是我
　　　　们可以指望接下来的日子您的行为可以正常点？
安德烈　可是……您在说什么？

男　人　在说您，安德烈。在说您，您的态度。

他轻轻打了他一巴掌。

安德烈　你这是在干什么？我不允许您这么做。

男　人　您不允许我这么做？

安德烈　不允许。

男　人　那要是我再来一次，您会怎样？

安德烈　我……

男　人　怎么样？

安德烈　就别怪我不客气了。

男　人　您这是激将法吗？

过了一会儿。

男　人　您看，我也一样。有件事情是我不允许的，就是有人
　　　　　过了一定的年纪之后，把这个世界搞得一团糟。

男人笑着，又轻轻给了他第二个巴掌。

安德烈　住手！听到没有？给我马上住手。

男人脸上依然带着充满威胁性的笑容。安德烈在他对面，
感觉毫无招架之力。

男　人　没错。这，就是我无法容忍的。我觉得太离谱了，以
　　　　　您的年纪来说。

他又轻轻给了他第三个巴掌。

安德烈　住手！我叫您住手！

男　人　很好，我住手。看您语气这么激烈。不过我希望我
　　　　　的态度够明确，信息传达到了。不然，我恐怕不
　　　　　得不……

安德烈　怎样？

短暂停顿。

安德烈　怎样？

男　人　您觉得呢……

他举起手，仿佛准备要给他一巴掌。而安德烈护住了自
己的脸，他短暂定格在这样自我防卫与受辱的姿势。接着安
妮回到厨房：接续第五场。气氛改变。她端了鸡肉回来。

安　妮　好吧。我没有找到你的手表，爸。我们等一下再找，
　　　　　因为鸡肉已经热好了。我们先吃饭吧。

她看到她父亲。

安　妮　爸。爸，发生了什么事？

灯暗。

| 第十一场 |

几乎是立刻接下去。安德烈和皮埃尔（原本是那个男人）。安妮端着盘子出来。重复。

安　妮　好吧。我没有找到你的手表，爸。我们等一下再找，因为鸡肉已经热好了。我们先吃饭吧。

她看到她父亲。

安　妮　爸。爸，发生了什么事？（对皮埃尔）他怎么了？
皮埃尔　我不晓得。

她放下盘子，走到父亲旁边，他维持着同样的姿势，仿佛害怕会再被打似的。

安　妮　爸……爸……发生了什么事？看着我。还好吗？你怎么了？
安德烈　我……
安　妮　发生了什么事？

安德烈开始抽抽噎噎。

安　妮　是因为你的表吗？爸，是因为这个吗？但我们迟早会找到啊，我保证，好吗？我跟你保证。我还没时间好好找，但我们等一下就会找到了，好吗？嘘，好了，好了，别哭。

她说话的时候把他揽在怀里，摸着他的头发。她一脸担心地看着皮埃尔。接着皮埃尔坐到餐桌前。他替自己倒了杯酒。

安　妮　好一点没有，嗯？嘘……没事的。没事。我们先吃饭，好吗？是你喜欢吃的。你喜欢鸡肉，对吧？

安德烈　可是现在几点了？

安　妮　八点了。是晚餐时间了。

安德烈　晚上八点吗？

安　妮　是的，爸。

安德烈　可是我以为现在是早上。我才起床。你看，我还穿着睡衣。

安　妮　不是，现在是晚上了，而且我帮你准备了鸡肉。来吧，我们去吃饭。来吧，我的小爹地，我的小爹地。

他看起来非常迷茫。停顿片刻。灯暗。

｜第十二场｜

客厅，稍晚的时候。安德烈已经睡了。皮埃尔和安妮。重复。

安　妮　还有吗？

皮埃尔　有。你也要来一杯吗？

安　妮　帮我倒吧。

他站起来，替她倒了杯酒。

安　妮　他今天晚上实在很反常。
皮埃尔　你知道我在想什么。
安　妮　我很担心。
皮埃尔　你不觉得我们可以聊点别的吗？
安　妮　好。抱歉。

停顿片刻。尴尬。持续很长一段时间。

安　妮　这酒不错。
皮埃尔　对。

停顿片刻。他们相视而笑。沉默。他们没有其他事情可以聊了吗？

安　妮　我重新想过你刚才说的话。关于……就是你说应该把
　　　　他送到专门的机构去……
皮埃尔　啊？
安　妮　对。我心想也许你是对的。说到底，也许你是对的。
皮埃尔　没错，我相信。
安　妮　今晚看到他那样真的让我好难受。
皮埃尔　是啊。
安　妮　我觉得你让他害怕。
皮埃尔　我知道。

安　妮　我也是，你让我害怕。

　　停顿片刻。诡异的是，他笑了。

皮埃尔　好了，不要再讲这些傻话了。不要害怕。相信我，这
　　　　是个正确的决定。之后，我们可以稍微放松一下。找
　　　　个地方去旅行。你不是想出门透透气吗？

安　妮　去哪儿？

皮埃尔　我不晓得。远一点的地方。就我们两个人。活着……

　　短暂停顿。

皮埃尔　相信我，你根本没理由感到内疚。这毫无意义。

安　妮　意义？什么是有意义的？

皮埃尔　过得幸福。一起过。活着。

　　她亲吻他。灯暗。

｜第十三场｜

　　隔天早上。现在公寓几乎都清空了。安德烈一个人在客
厅里。坐在同样的位置。突然，安妮来了。

安　妮　你已经醒啦？

安德烈　我没睡。

安　妮　昨晚吗？

安德烈　没有，一分钟也没睡着。

安　妮　为什么？不舒服吗？

安德烈　你看到了吗？

安　妮　什么？

安德烈　什么叫作"什么"？看看你周围，家具都不见了。

安　妮　所以呢？

安德烈　所以呢？我们被偷了。

安　妮　哪有。

安德烈　难道你没看到家里都空了！

安　妮　家里本来就是这样，爸。这是公寓本来的布置。

安德烈　你是认真的？

安　妮　当然啊，家里本来就是这样。

安德烈　我很遗憾，你搞错了。

安　妮　没有，我是说真的。你不喜欢吗？你觉得这样太朴
素了？

安德烈　你是要说太可怕了吧。是谁干的？谁这样布置的？

安　妮　是我啊，爸。

安德烈　啊，是吗？可是这里什么也没有！

安　妮　我知道。这就是我喜欢的风格啊。我想来杯咖啡，你
要吗？

安德烈　这里本来有家具的，我记得。这里本来有家具，东一
个西一个的。

安　妮　你把这里跟你的公寓搞混了，爸。这里一直都是这
　　　　样。好了，我要喝杯咖啡。接着我们去换衣服。

　　　安妮走出去。

安德烈　这么快？

安　妮　（画外音）对啊。今天有人要来，你记得吗？

　　　停顿片刻。

安　妮　（画外音）爸，你记得吗？

安德烈　亲爱的，改掉这个一件事要跟我重复上千次的习惯，
　　　　这样到最后会让人很累。你啰啰唆唆，你啰啰唆唆，
　　　　你啰啰唆唆。你啰唆个没完。我当然记得！我怎么可
　　　　能忘记？你不停地讲这件事。

　　　安妮回来了。

安　妮　抱歉。我只是想确定你记得。她应该很快就到了。

安德烈　这么快？

安　妮　对。她照理在你吃早餐的时候就该到了。你要不要先
　　　　来杯咖啡……

安德烈　我昨天晚上梦见她了。

安　妮　劳拉？

安德烈　对。总之，我觉得是。我又看到她的脸了。

安妮对他笑了笑。

安德烈 你知道她真的让我想到你妹妹……

安　妮 劳拉？我知道。那天你说过。

安德烈 你不觉得吗？

安　妮 啊？是啊，大概吧。

停顿片刻。

安　妮 总之，我很高兴你喜欢她。她看起来真的很亲切。我的意思是，很温柔。而且能干。她把你照顾得很好。

安德烈 对，我很喜欢她。

安　妮 好了。我们先去换衣服等她来，好吗？

安德烈 等谁？

安　妮 劳拉。新的看护。你喜欢的那一位。

安德烈 啊，对，对，对……

安　妮 搭件衬衫来欢迎她应该不错。

安德烈 还有长裤。

安　妮 她很喜欢你们的第一次会面，你知道的，那一天。她觉得你很……

安德烈 很？

安　妮 我不记得她当时是怎么讲的了……啊，对了，**魅力**。她说你很有**魅力**。

安德烈 啊，是吗？

安　妮　应该说你迷倒了她。

安德烈　啊，是吗？

安　妮　是啊。你让她以为你会跳舞，以为你从前是跳踢踏
　　　　舞的。

安德烈　我？

安　妮　（笑着）对。

安德烈　（露出孩子般的笑容）那她说什么？

安　妮　她说她希望哪天你能为她露一手。

安德烈　真有趣。我都不晓得我会跳踢踏舞。你晓得吗？

安　妮　不晓得。

安德烈　我拥有不为人知的天分。

安　妮　应该是，没错。

安德烈　跳踢踏舞的天分吗？

　　　　短暂停顿。他幻想着。有人按门铃。

安　妮　啊。

安德烈　是她吗？

安　妮　应该是。

安德烈　可是……这么快？我还没准备好。我还没换衣服。

安　妮　算了。你等一下再换。

安德烈　不行。我……我要穿上裤子。安妮，安妮，我还没穿
　　　　好衣服。

安　妮　没关系。

安妮往门边走去。

安德烈 不行，有关系。

安　妮 你等一下再穿就好。她已经在门外等了。

安德烈 安妮。

安　妮 怎么？

安德烈 不要丢下我不管。我还没穿好衣服。这样她会怎么看我？我得去换衣服。我的衣服在哪里？

安　妮 爸。为什么你总是要把事情复杂化？衣服我们等一下再换。你根本不用担心。

安德烈 可是这样我会丢脸……

安　妮 怎么会……

安德烈 当然会。你看，我穿着睡衣。我得换上长裤才行。

有人第二次按了门铃。安妮开了门。出现的是那个女人。

安　妮 您好。

女　人 您好。我没有迟到太久吧？

安　妮 没有，没有。完全没有。请进，请进。

女人进门。

女　人 谢谢。

安德烈 可是……她是谁，这女人？

安　妮 我们正在等您。请进。谢谢您这么早过来。

女　人　（对安德烈）您好，安德烈。

安德烈　可是，安妮……不是她。

安　妮　爸。（对女人）您要喝点什么吗？咖啡？

女　人　不用，谢谢。

安　妮　您已经吃过早餐了吗？您请坐。我……

安德烈　我要的人不是她。她在哪里，我喜欢的那个？她在
　　　　哪里？

安　妮　可是，爸……你在胡说什么？跟劳拉打个招呼吧。

安德烈　有些事情对不起来。对不起来！

　　　　停顿片刻。

女　人　您记得我吗？我们之前见过。

　　　　停顿片刻。

女　人　当时我们已经互相认识了……

　　　　停顿片刻。安德烈表情惊恐。他往后退了一步。

女　人　然后我跟您说我改天会再来……来看看您的生活状
　　　　况，看可以怎么帮您……

　　　　停顿片刻。

女　人　您记得吗？

停顿片刻。

女　人　您不记得了？

停顿片刻。

女　人　安德烈？您记得吗？

停顿片刻。

女　人　您记得吗？

停顿片刻。灯暗。

| 第十四场 |

几乎是立刻接下去。没有家具。那个女人在场。

安　妮　我得跟你聊聊，爸。

停顿片刻。安德烈好像快吓哭了。

安　妮　我跟皮埃尔聊过了。

安德烈　皮埃尔？

安　妮　皮埃尔，爸。我跟他聊过了。

安德烈　我对他没什么好感，对那家伙。

安　妮　那个人不是什么家伙，爸。他是我爱的男人。

停顿片刻。

安　妮　算了。我跟他聊了……你知道的，一开始……该怎么
　　　　说？我心想如果……会不会比较好……你觉得你现在
　　　　的房间怎么样？

短暂停顿。

安　妮　怎么样？房间还挺舒服的，对不对？

女　人　窗户外面是公园。

安　妮　对。非常宜人。让人觉得好像在饭店里，不是吗？

女　人　住在这里的人都这么说。

安　妮　我心想也许你在这里会比较好。

安德烈　哪里？

安　妮　这里。我在想，这样会不会比较安全……你也会过得
　　　　比较舒服，如果我们决定让你就在这里住下来。

短暂停顿。

安　妮　你觉得呢？

安德烈　那你呢？你要做什么？你要睡哪里？睡哪个房间？

安　妮　你还记得我要去伦敦生活吗？

安德烈　哪有。

安　妮　有啊。你记得吧？我跟你说过……你记得吗？

安德烈　可是你跟我说……你确定吗？

安　妮　确定。

安德烈　你说你会留在这里，跟我一起……

安　妮　没有，我得离开。这对我很重要，我跟你解释过了。
　　　　　但我会回来探望你的，像是周末的时候。

安德烈　那我呢？

安　妮　你，你留在这里。留在巴黎。

安德烈　一个人？

　　停顿片刻。

安德烈　那你妹妹呢？她在哪里？

安　妮　爸……

安德烈　怎么？

　　停顿片刻。

安德烈　要是你知道我有多想她……

安　妮　我也是，爸，我也想念她。我们都想念她。

　　安德烈用某种眼神看着她，以某种姿势，或许是一种抚摸，
仿佛他理解了，总算有一次，一切不言而喻。停顿片刻。灯暗。

┃第十五场┃

　　一张白色的床，让人觉得是可以在医院里看到的那种病

床。安德烈不晓得他在哪里。接着那个女人走进来。她穿着
白色的工作服。

女　人　您睡得好吗？

安德烈　我在这里做什么？

女　人　是该起床的时候了。

安德烈　我没有问您现在几点。我问的是我在这里做什么。

女　人　什么意思？

　　　　安德烈离开床。

安德烈　谁把这张床放在这里的？放在客厅中央？是安妮吗？
　　　　简直是乱来。我很抱歉这么说，但这真是太乱来了。

女　人　请别生气。

安德烈　我没有生气。我只是跟您说没有人会把床放在客厅中
　　　　央。太荒谬了。安妮在哪里？

女　人　喏，我帮您把药拿来了。

安德烈　您可不可以不要再拿药来烦我，一分钟也好！您是看
　　　　护还是什么？

女　人　我是看护。

安德烈　（终于意识到他在跟谁说话）啊，您是……啊，这样
　　　　啊……啊，好。您是看护啊……

女　人　是的。

安德烈　啊，好。我也是这么想的。您看起来就是。就是一脸

看护的样子。那您在这里做什么？

女　人　您说什么？

安德烈　您在这里做什么？

女　人　我负责照顾您。

安德烈　哟，还真的！您负责照顾我？

女　人　是的。

安德烈　真是天大的消息。从什么时候开始的？

女　人　几个星期前。

安德烈　几个星期前？很高兴我现在知道了，真了不起！在这个家，没人会知会我任何事情。我向来都没的选。我真的得跟安妮好好聊一下。不能再这样下去了。我受够了……不过，我以为本来就有个新人。

女　人　新人？

安德烈　对，一个新的看护。

停顿片刻。

安德烈　长得跟埃莉斯很像的那个。跟我的另一个女儿。

短暂停顿。

安德烈　我之前跟她碰过面。不是吗？

女　人　好。您要吃药了吗？

安德烈　照理她从今天早上会开始来。劳拉。不是吗？

女　人　我想您搞错了，安德烈。

安德烈 那个让我想到埃莉斯的……

女　人 （不耐烦）好。

安德烈 对，好，可以。我们来吃，来吃药。我们不赶时间，
对吧？

停顿片刻。他慢条斯理。

安德烈 现在几点了？

女　人 现在是吃药时间。

安德烈 我的表丢了。您知不知道在哪里……我的表丢了……
安妮？安妮？

女　人 您的女儿不在这里，安德烈。

安德烈 啊？她在哪里？她出门了吗？

女　人 您还记得您的女儿住在伦敦吧……

安德烈 什么？哪有，她想过要去，但最后没有去。

女　人 她住在那里好几个月了。

安德烈 我女儿？在伦敦？拜托，您想想，伦敦，那里一整年
都在下雨。

女　人 您看，昨天，我们又念了一次她寄来的明信片。您不
记得了吗？

安德烈 这是怎么一回事？

女　人 您看。

她拿一张明信片给他。他读着。

女　人　我每天都在跟您说。但现在您必须把它记起来了。她
　　　　　住在伦敦，因为她认识了一个男人，名叫皮埃尔，她
　　　　　和他住在一起。但她不时会回来探望您。

安德烈　安妮吗？

女　人　对。周末的时候她不时会回来。她会来这里，你们会
　　　　　一起去公园散步。她会跟您讲讲她的生活，她做了什
　　　　　么。有一天，她带了茶来给您。因为您喜欢喝茶。

安德烈　我吗？我很讨厌茶。我只喝咖啡。

女　人　可是那是很棒的茶。

　　　那个男人进来。他也穿着一身白。

男　人　一切都好吗？

女　人　很好。我们准备去换衣服。

男　人　一切都好吗？

　　　安德烈没回答。男人刚把一份文件递给女人，女人签
了名。

女　人　好了。

男　人　谢谢。祝您有美好的一天。

女　人　待会儿见。

安德烈　那他，那个人……他是谁？

　　　他走了。

女　人　谁？

安德烈　他……刚离开的那个人。

女　人　他是奥利弗。

安德烈　奥利弗？

女　人　对。

安德烈　您确定吗？

女　人　确定。怎么了？

安德烈　没事。可是……该怎么说？他在这里做什么？我的意
思是……在我家。我认识他吗？

女　人　认识啊。他是奥利弗。您每天都会见到他。

安德烈　啊，是吗？可是您……

女　人　怎么？

安德烈　很抱歉问您这些，可是我好像漏掉了什么，这……所
以，您……您……您是谁？先问一下。

女　人　我，我是马蒂娜。

安德烈　马蒂娜。原来如此。对，对，对。马蒂娜。而他呢，
他是奥利弗。

女　人　是的。

安德烈　好，好。那……那我呢？

女　人　您，您怎样？

安德烈　对，我……我是谁，我，可以先问一下吗？

女　人　您？您是安德烈。

安德烈　安德烈？

女　人　对。

安德烈　您确定？

女　人　（觉得好玩）确定。

安德烈　安德烈？这名字很好听，安德烈……不是吗？

女　人　是很好听的名字没错。

安德烈　是我母亲替我取的。我猜。您认识她吗？

女　人　谁？

安德烈　我母亲。

女　人　不认识。

安德烈　她是那么……她有一双大眼睛。是……我又看到了她
　　　　的脸。我希望她时不时可以来看看我。妈妈。对吧？
　　　　您不是说有些周末她会来……

女　人　您的女儿？

　　　被突如其来的忧伤压垮。

安德烈　不是，我的妈妈。我想要我妈妈。我想要我妈妈。我
　　　　想要……我要离开这里。我要他们来接我。

女　人　好了好了，嘘……

安德烈　我要我妈妈。我想要她来接我。我想要回家。

　　　安德烈开始抽噎地哭。女人很惊讶：她根本没发现他的伤
　　心从哪儿来。

女　人　可是……您怎么了？安德烈……安德烈……发生了什

么事? 来, 来我这儿。告诉我发生了什么事……

安德烈 我……

女　人 嗯?

安德烈 我觉得……我觉得我失去了所有的叶子, 一片接着
　　　　一片。

女　人 您所有的叶子? 您在说什么?

安德烈 就是那些树枝啊! 还有风……我不知道发生了什么
　　　　事。您知道吗, 您, 知道发生了什么事吗? 那些跟公
　　　　寓有关的事? 我不知道我可以睡在哪里了。我只知道
　　　　我的手表在哪里, 它就在我的手腕上。这个我知道,
　　　　这样才好上路。不然的话, 我就无法知道几点, 但我
　　　　又必须……

女　人 我们先去换衣服, 好吗?

安德烈 好。

女　人 我们去换衣服, 接着我们去公园散步。好吗?

安德烈 好。

女　人 这样就对了。公园里有树, 有叶子。然后我们回到这
　　　　里吃饭。到食堂去吃。接着您睡个午觉。好吗? 然
　　　　后, 如果您精神不错, 我们就再去散步。去公园散
　　　　步, 就我们两个人。因为今天天气很好。可以吗?

安德烈 好。

女　人 今天阳光很好, 要好好把握。可不是每天都有这种好
　　　　天气。像这样的好天气, 通常不会持续太久, 对不

　　对？那我们现在去换衣服，您说好不好？

　　他紧紧抓着她。

安德烈　不要。
女　人　好啦，不要孩子气。来吧，跟我走，好吗？来。慢
　　　　　慢来，慢慢来。嘘，嘘。没事了，现在。没事的。
　　　　　嘘……嘘……嘘……

　　他恢复平静，缩在她的怀里。她温柔地哄着他。停顿片
刻。灯暗。

剧　终

儿子

这出剧于 2018 年 2 月在巴黎香榭丽舍喜剧院演出，由拉迪斯拉斯·肖拉（Ladislas Chollat）导演，伊万·阿塔尔（Yvan Attal）和罗德·帕拉多（Rod Paradot）主演。

人物

皮埃尔

尼古拉

安妮

索菲娅

医生

护士

| 第一场 |

皮埃尔的公寓。安妮站在他面前。他看起来很焦躁。

皮埃尔　你在这里做什么？

安妮没有回答。

皮埃尔　安妮，我在跟你说话……
安　妮　我……
皮埃尔　怎么？
安　妮　我不晓得。我……
皮埃尔　你不晓得？
安　妮　不是，对不起。我的意思是，我不知道要从哪里说起，我……
皮埃尔　出了什么事？

皮埃尔看了看他后面，仿佛怀疑随时会有人从房间里跑出来。

皮埃尔　你一声不响就跑来了……你很清楚……
安　妮　我试着给你打电话，但你没有接。

皮埃尔　打给我干吗？有事？

安　妮　她在家？

皮埃尔　什么？

安　妮　她在家？

皮埃尔　她正在哄宝宝睡觉。怎么？

安　妮　我不想打扰你们。可是你电话都不接。不管怎样，我
　　　　们得谈谈。

皮埃尔　谈什么？

安　妮　尼古拉的事。

皮埃尔　嗯，好，出了什么事吗？

安　妮　嗯，他状况不太好。我也是，我状况也不太好。这太
　　　　难了，我再也撑不住了。

皮埃尔　再也撑不住什么？

安　妮　没办法了。我……我不知道要怎么办。我……今天早
　　　　上，学校打电话给我，他们高中的校长跟我说……

　　　　皮埃尔叹了口气。她话讲到一半停了下来。他发现了。

皮埃尔　怎么？

安　妮　我吵到你了吗？你这表情，好像我吵到你一样……

皮埃尔　哪有。

安　妮　我在跟你谈你的儿子！

皮埃尔　我知道。

安　妮　这跟你应该有那么点关系吧……

皮埃尔　当然跟我有关系！为什么这样说？

安　妮　因为你心不在焉。好像我故意拿事情……拿我的事情来烦你。可是我跟你谈的是尼古拉！

皮埃尔　抱歉。我只是有点……有点累。你知道的，宝宝晚上都不睡觉，所以……

安　妮　（打断他的话）总之，他们高中校长打了电话给我，想了解一下状况。我才知道他已经三个月没去上课了……

皮埃尔　什么？

安　妮　我说了，这三个月，他都在假装去上课……每天早上。

皮埃尔　你在胡扯什么？

安　妮　我在跟你解释情况，然后……

皮埃尔　等等……三个月以来他都没去上课？那你呢，你在这段时间里完全没发现？

安　妮　没有。

皮埃尔　怎么可能？

安　妮　早上，他背着他的书包，装上他白天要用的东西出门，但是他没去学校。

皮埃尔　开什么玩笑？那他都做了什么？我的意思是，白天……这三个月以来的白天！他都在哪里鬼混？

安　妮　我不晓得。问他的时候他总是爱理不理，当我是空气。

皮埃尔 怎么会这样？

安　妮 我不晓得。皮埃尔，我担心他。他整个人变了个样。相信我。我不知道发生了什么事，但就是发生了什么。他变了。他……我想说会不会……总之……我甚至想说会不会……

皮埃尔 会不会怎样？

　　索菲娅走进来。气氛变得紧张。皮埃尔想解释何以安妮会在这里。

皮埃尔 对了，索菲娅，我……

索菲娅 （充满敌意）怎么回事？

皮埃尔 安妮过来跟我讲尼古拉的事。我们刚发现他都没去上课，而且……

安　妮 不只这样，皮埃尔……他状况不太好。

皮埃尔 对，他最近状况不太好，而且……

安　妮 他状况不好已经好几个月了。

索菲娅 自从皮埃尔离开你们之后是吧，我猜……

皮埃尔 索菲娅，别说了。

　　停顿片刻。

皮埃尔 那校长呢？他说什么？

安　妮 他想让他退学。

皮埃尔 胡扯！你跟尼古拉说了吗？

安　妮　说了啊，但是他根本不在乎……

皮埃尔　他脑袋里在想什么？

安　妮　你得跟他谈谈，皮埃尔。我没办法了。他需要你，你
　　　　不能抛下他。

皮埃尔　我不会抛下他！你说的什么鬼话？

安　妮　有一天，我只是单纯问他——问什么我根本也忘了，
　　　　反正是无关紧要的事，大概是叫他把盘子收走之类
　　　　的——他却用一种……一种充满怨恨的眼神看着我。
　　　　我差点以为他要……

皮埃尔　怎么？

安　妮　他让我害怕，你懂吗？

　　　　停顿片刻。

皮埃尔　我明天会去看他，好吗？我明天傍晚过去。他会
　　　　在吗？

安　妮　会。

皮埃尔　我会去看他。别担心。

安　妮　谢谢你。

　　　安妮做出一种温柔的姿态要谢谢他。其实也称不上是什
么姿态，只是起了个头，暧昧不明，但已经足以让皮埃尔在
索菲娅面前感到不自在。

安　妮　那么温和的孩子，那么优秀。你记得吗？那么纤细敏

感。我不晓得发生了什么事……

　　远远地，宝宝开始哭了。索菲娅犹豫了一下，离开现场。

皮埃尔　好了，别担心。一切都会回归正轨的。
安　妮　你确定？
皮埃尔　那当然。
安　妮　我不晓得。
皮埃尔　当然会的。别担心，有我在。
安　妮　不，就这么不巧，你不在了。

　　停顿片刻。灯暗。

| 第二场 |

　　另一个客厅。尼古拉坐在沙发上，咬着自己的指甲。皮埃尔站在他面前。

皮埃尔　尼古拉，我想跟你聊聊……所以……所以我才会来家
　　　　里。总之，我的意思是……这里。

　　停顿片刻。

皮埃尔　你在听吗？
尼古拉　在。

皮埃尔　我知道你正经历一个困难的时期，很多事情对你来说都不容易……我知道你在生我的气……但我们两个，我们得谈谈。

　　　　皮埃尔坐了下来。停顿片刻。

皮埃尔　你妈妈跟我说你都不去上课了。

　　　　尼古拉耸耸肩。

皮埃尔　发生了什么事？

尼古拉　没事。

皮埃尔　不要跟我说"没事"。说给我听听。

　　　　停顿片刻。

皮埃尔　尼古拉？为什么你不去上课？

尼古拉　我不晓得。

皮埃尔　你不晓得？

尼古拉　不晓得。

皮埃尔　一定有个理由吧。

　　　　尼古拉耸耸肩。

皮埃尔　你不能这样擅自决定不去学校。这是行不通的，你听到没有？

尼古拉　听到了。

停顿片刻。

皮埃尔　你遇到了什么问题？

尼古拉叹了口气。

皮埃尔　怎么？为什么叹气？

尼古拉　没什么。

皮埃尔　尼古拉，如果你什么都不说，我帮不了你。还有，不
　　　　要再咬你的指甲了！

停顿片刻。

皮埃尔　我跟你妈妈谈过了。她跟我说你晚上都不睡，不知
　　　　道在房间里瞎忙些什么……而且……你到底在搞什
　　　　么鬼？

尼古拉　没什么。

停顿片刻。

皮埃尔　还有高中的课……我的意思是……接下来你要做什
　　　　么？你想留级，是吗？这就是你的打算？

尼古拉　反正我不在乎。

皮埃尔　不在乎什么？

尼古拉　所有。

皮埃尔　了不起！真是了不起的想法……

停顿片刻。

皮埃尔　那你做了什么？这段时间……你都在哪里鬼混？

尼古拉　我走路。

皮埃尔　走路？

尼古拉　对。

皮埃尔　一个人？

尼古拉　对。

皮埃尔　你一个人在街上走？

尼古拉　或在公园里。

皮埃尔　这话什么意思？

尼古拉耸耸肩。

皮埃尔　尼古拉！你到底知不知道状况？你真的以为我们会接
　　　　　受？就因为你需要活动活动双腿？这简直荒谬！你知
　　　　　不知道？还有今年你要参加高中会考……

停顿片刻。

皮埃尔　你都没想过学校会通知我们？

尼古拉　我的状况不好。唯一能让我放松的，就是走路。

皮埃尔　你为什么状况不好？

他没回答。

皮埃尔　你状况不好，我们接受！但你不能拿这个当理由，什
　　　　么都放任不管……人生是需要战斗的！

尼古拉　我不想战斗。

皮埃尔　为什么？你怎么了？

停顿片刻。

皮埃尔　尼古拉……告诉我。

停顿片刻。尼古拉又开始咬他的指甲。

皮埃尔　我不明白。大概几年前，都还看得到你大大的笑容，
　　　　但突然间……你遇到了什么事？

停顿片刻。

皮埃尔　你妈妈已经撑不下去了，你知道的。她跟我说你让她
　　　　活得像在地狱，说你对她态度不好。是真的吗？

停顿片刻。

皮埃尔　她想让你去寄宿学校，你知道这件事吗？这是你
　　　　要的？

尼古拉　不是。

皮埃尔　那这样的话？

尼古拉耸耸肩。不过，我们可以感觉到寄宿学校的事让

他躁动了起来。

皮埃尔　你要有所应对，尼古拉。你不能这样放任自己……

尼古拉　我做不到。

皮埃尔　你这是什么话？

　　　停顿片刻。

皮埃尔　（温柔了点）在学校里发生了什么事吗？我的意思是……

尼古拉　没有。

皮埃尔　还是在学校外面……你可以跟我说，你知道吧。

尼古拉　不是这样，是……

皮埃尔　是？

尼古拉　我不知道怎么说。

皮埃尔　用你的话说出来。

尼古拉　（真诚地）是生活让我觉得沉重。

　　　短暂停顿。皮埃尔似乎被这意想不到的坦白给感动了。

皮埃尔　为什么？你的生活有什么不顺利的地方吗？

尼古拉　我不晓得。

　　　停顿片刻。

尼古拉　我想要改变点什么，但我不知道是什么。就是因为这
　　　　　样。所以我告诉自己……也许……

皮埃尔　也许？

尼古拉　不，没事，忘了吧。

皮埃尔　没这回事，告诉我……

　　　尼古拉犹豫。

皮埃尔　尼古拉，跟我说。

尼古拉　我想跟你一起生活。

皮埃尔　（措手不及）你……你的意思是……

尼古拉　我受不了这里。我知道我有办法走出困境，但在这里
　　　　　不行，一个人不行。太难了……

皮埃尔　是没错，但是……

尼古拉　我跟妈妈处不来。她也受不了我……她已经到极限
　　　　　了。我知道。留在这里只会让我产生很多负面的想
　　　　　法。太辛苦了。我跟你保证。而且会越来越糟，我觉
　　　　　得。再加上，我想跟弟弟一起生活……

皮埃尔　（尴尬）嗯。

尼古拉　如果你们把我送去寄宿学校，我会疯掉。

皮埃尔　没这回事。

尼古拉　会，我跟你保证。我的头会爆掉。

皮埃尔　来，过来。

　　　皮埃尔抱住他。

尼古拉　有时候，我觉得我快疯了，爸爸。

做父亲的把他抱得更紧了。

皮埃尔　你说的什么话？

尼古拉　就是我说的，我不知道自己怎么了。

皮埃尔　乖……

尼古拉　我不懂。

尼古拉哭了。皮埃尔慌了手脚。

皮埃尔　别担心，会没事的，好吗？别担心，我们会找到办法
　　　　　的。好了……相信我。

他安慰着他。尼古拉就像个小孩一样。灯暗。

| 第三场 |

皮埃尔的公寓。索菲娅和皮埃尔陷入一种紧张的沉默。

皮埃尔　为什么你要这样想？

索菲娅　我怎样想？

停顿片刻。

皮埃尔　我不想抛弃他。

索菲娅　为什么说是抛弃？是她这样跟你说的？好让你有罪
　　　　　恶感。

皮埃尔 这两者一点关系也没有，索菲娅。拜托你……他正在
　　　　经历一个困难的阶段。这是现实情况。

　　　停顿片刻。

皮埃尔 就让他睡我的书房，我会搬一张床过去。只是个过
　　　　渡期。
索菲娅 那学校呢？
皮埃尔 会有办法的。总会有哪所学校让他在学期中途入学
　　　　吧，你不觉得吗？
索菲娅 应该是吧。
皮埃尔 你只跟这孩子认识两年而已，而我知道……我的意
　　　　思是，经历过那些事以后，我知道你对他的印象不
　　　　好……但他以前不是这样的，他还小的时候……他是
　　　　那么……

　　　停顿片刻。

皮埃尔 他的手臂上有一些伤痕。
索菲娅 什么？
皮埃尔 刚才我过去找他时，发现他……我不晓得，有一些
　　　　伤痕。
索菲娅 哪一种伤痕？
皮埃尔 一堆小伤痕，整个手臂上……就好像他……总之，你
　　　　知道我想说什么……

他暗示那是割腕留下的。

皮埃尔 这真的让我好难受，我家这孩子……要是从前，我一定早就准备为他做任何事了。而现在，他就在我面前，痛苦着……而我，我为他做了什么？他就是因为痛苦才会做出这种事，不是吗？

索菲娅不禁做出一种温柔的姿态来安慰皮埃尔。

索菲娅 别难过了……

皮埃尔 你说得对，没错，我觉得有罪恶感。我知道就是从那个时候开始……今天出现了这种状况，我不能装作我不必负任何责任。离开的人是我，索菲娅。

索菲娅 跟这个有什么关系？

　　皮埃尔耸耸肩。

索菲娅 那孩子出状况不是你的错。

皮埃尔 我不晓得。

索菲娅 这跟……（她不打算把话说完）这根本没关系，皮埃尔！

皮埃尔 你知道吗，我害他哭了。我跟他说我要离开他母亲的时候，他哭了。那样的画面可不是说忘就能忘。

索菲娅 我明白。但你并不是第一个……那跟今天的事情根本无关，相信我。他只是刚好遇到低潮，如此而已。

皮埃尔　无论如何，我也没别的办法了。我不能丢下他不管。

索菲娅　我懂，别担心。

他对她笑了笑，仿佛是为了表达对她的感谢。

皮埃尔　我在他这个年纪的时候，我母亲生病了。刚才我想起
　　　　这件往事……我……我每天都去医院看她，坐在她
　　　　旁边。我面对着她的病床，在一张小桌子上订正我的
　　　　考卷，就在她……就在她临终的那段日子……那真
　　　　是令人难过的一段时间。我父亲，他，他从来就不
　　　　在。他太忙了，忙着过他的人生。他有他的事业……
　　　　了不起的狩猎活动……他无时不在旅行，到处跑。但
　　　　是，在……在她去世的前一个星期……我在路上巧遇
　　　　熟人，一个跟我们家交情不错的朋友，他说他前一天
　　　　晚上才跟我父亲一起吃了晚餐……我连他在巴黎都不
　　　　知道，而他也不觉得需要跟我们说一声，或是来看
　　　　一下……

索菲娅　你为什么要说这些？

皮埃尔　我不晓得。抱歉。没什么。我……我把事情混为一谈
　　　　了。我想说的只是，我不想当那样的男人，那样的
　　　　父亲。

停顿片刻。

索菲娅　那我们呢？

皮埃尔　什么意思？

索菲娅　那我们呢？我们的生活……还有萨夏……

皮埃尔　对萨夏来说不会有任何改变，我们还是用本来的方式
　　　　照顾他啊。

索菲娅　是这样吗？

皮埃尔　那当然……相信我。我们的生活不会有任何改变，我
　　　　跟你保证。

　　　　她笑了。她愿意相信。

皮埃尔　一切都会好好的。放心吧，亲爱的，一切都会好
　　　　好的。

　　　　不过，宛如脑内预演的画面，尼古拉缓缓走进客厅。他
朝一个五斗柜或是衣橱的东西走去；接着，以粗暴的动作，把
里面的东西以及他眼前的所有东西都丢到地上，仿佛他想把
这个地方完全破坏掉。

　　　　索菲娅惊恐地看着被破坏得一团糟的公寓。至于皮埃尔，
却仿佛什么也没看见。

　　　　灯暗。

| 第四场 |

　　　　公寓。东西都被丢在地上：一堆书、一盏灯、家具等。但

是所有人的行为举止都仿佛一切井然有序。现在是早上。尼古拉坐在沙发上。他眼神空洞。突然，皮埃尔走进来。尼古拉看到他时吓得抖了一下。

皮埃尔　啊，你在这里！睡得好不好？

　　他亲吻尼古拉的头发。

皮埃尔　本来你母亲跟我说你通常都过了中午才醒……

　　停顿片刻。

皮埃尔　还好吗？我没想到你这么早就起来了……
尼古拉　我睡到一半醒过来，后来就睡不着了。
皮埃尔　要适应新环境总是需要一点时间，不是吗？

　　他耸耸肩。

皮埃尔　至少应该不是萨夏把你吵醒的吧？
尼古拉　不是。
皮埃尔　他昨天晚上哭了好几次……你没听到吗？
尼古拉　没有。
皮埃尔　那就好。

　　皮埃尔替自己煮了咖啡。

皮埃尔　你要吃点什么吗？还是来杯咖啡？

尼古拉摇头表示不用。

皮埃尔　你早上什么都不吃？

尼古拉　他为什么哭？

皮埃尔　你弟弟吗？他还没办法睡整觉。他只是肚子饿而已。

停顿片刻。尼古拉开始咬指甲。皮埃尔观察着他。

皮埃尔　你也是，你以前也不太喜欢睡觉。我的意思是说，你
　　　　　还很小的时候……

皮埃尔说话的同时，也可能顺手把灯捡起来放好，仿佛
是种机械动作。但他完全没有意识到现场这等混乱所造成的
不协调。

皮埃尔　以前要哄你睡觉可得费一番功夫。而且你半夜都会醒
　　　　　来好几次……萨夏也一样折腾人。唯一有效的方法
　　　　　就是把他放在推车里，几个小时这样推着他走来走
　　　　　去……这样晃着晃着，他最后就会睡着了。不过，大
　　　　　半夜这样搞，也不太靠谱……

皮埃尔注意到尼古拉心不在焉。

皮埃尔　你在听吗？

尼古拉　呃？

皮埃尔　你怎么了？

尼古拉　没事，只是……我重新思考……思考了一下状况。
　　　　我……我不是太确定，其实……

皮埃尔　什么？

尼古拉犹豫要不要回答。

皮埃尔　不确定什么？

尼古拉　我觉得不是太自在，在这里……我觉得打扰了你们。

皮埃尔　怎么会！你说的什么话？

尼古拉　还有索菲娅……我觉得她不喜欢我。她真的同意让我
　　　　住在这里吗？

皮埃尔　当然啊，尼古拉，当然。

停顿片刻。

尼古拉　但不只这些，还有学校的事……我不晓得自己是不是
　　　　真的要回去……

皮埃尔　你的意思是？

尼古拉　我从早上，还有昨天晚上都在想这件事……大家一定
　　　　会想我为什么会在学期中途冒出来……

皮埃尔　那又如何？

尼古拉　到时我会不知道要跟他们说什么。

皮埃尔　你就说你想说的……你为什么要这么担心别人怎么想？

尼古拉　他们一定会用奇怪的眼光看我……

皮埃尔　怎么会……不会的……要是有人在学期中途转来，大

家会用好奇、觉得有趣的眼神看他……会想他是从哪
里来的……

尼古拉　我就怕会这样。我不想回答他们的问题。我不想告诉
他们我发生了什么事。

皮埃尔　听我说，尼古拉……你不是第一个在学期中途转学的
高中生……这样的事情时不时就有。我知道你可能会
因此有点退缩，但这就是现实。当时你就不该搞到自
己被退学。

尼古拉　我知道，但我心想……这一年我缺了这么多课……因
为旷课太多，我很多东西都不清楚……到时一定来
不及准备高中会考。而且现在已经四月了……学期
几乎要结束了……这让我压力很大，你懂吗？所以
我想也许从九月重新开始会比较好，压力也比较小，
然后……

皮埃尔　（打断他）下星期一开始你就去上学，尼古拉。由不
得你选，我们已经讨论过了。

　　　停顿片刻。

皮埃尔　为什么你这么担心？一切都会顺利的。

尼古拉　我不晓得。

皮埃尔　你要求我让你来这里住，我答应了，这没什么，很正
常，但是你也要付出相应的努力才行。你懂吗？人
不能永远停留在这种状态……整天原地打转，裹足不

前。要懂得改变。还有，不要再咬你的指甲了，到时
又咬到流血！

停顿片刻。皮埃尔缓了缓情绪，走过去坐在他旁边。

皮埃尔 （用较温柔的语气）你只是突然遇到低潮，这种情况
谁都会遇到。失去自我，任人摆布……听见没？谁都
会遇到。但现在，是该站起来的时候了。

尼古拉 好。

皮埃尔 我希望你把它当成一个新的开始，希望你恢复笑
容……就像从前那样开心地笑。

停顿片刻。

皮埃尔 你是个优秀的孩子，只要努力点，归队完全不是问
题……我对你有信心。我相信等你以后回想起这个阶
段……你会说……

皮埃尔似乎有点犹豫。

尼古拉 说什么？

皮埃尔 你会连当时为什么低潮都不记得咧。

尼古拉 我不晓得。

皮埃尔 就是这样！相信我……每个人都是这样过来的，每个
人都遇到过困难与低潮，这是人生的一部分，我们要
学着去接受它。

尼古拉　其他人可没有这种感觉，对他们来说，根本没有什么困难的事。

皮埃尔　你怎么知道？

尼古拉　我看他们活蹦乱跳……他们只想开开心心，只想玩乐。

皮埃尔　你又不是他们肚子里的蛔虫。相信我，每个人都有他的难处、他的恐惧、他的……但我们必须将这些抛到脑后。所以，下星期一开始，你就回去上学，听见没？

　　停顿片刻。

皮埃尔　尼古拉，你听见没有？

尼古拉　听见了。

　　尼古拉站了起来，有点不高兴，往房间走去。

皮埃尔　你不吃早餐吗？

尼古拉　不用。

皮埃尔　你要去哪里？

尼古拉　睡回笼觉。

　　皮埃尔叹了口气。尼古拉走向自己的房间。就在他离开客厅之前，他转过身看着他的父亲。短暂停顿。

尼古拉　爸爸……

皮埃尔 怎么了？

尼古拉 谢谢你为我做的一切。

皮埃尔被他这么真诚直接的话给吓了一跳，对他笑了笑。尼古拉也笑了一下，走出去。灯暗。

｜第五场｜

某天早上。皮埃尔的公寓。地上还是乱七八糟一堆东西，而同样地，每个人都视而不见，仿佛混乱不存在。索菲娅在准备早餐。她走向尼古拉的房门口。

索菲娅 尼古拉？你好了吗？该出门了哦。

厨房里有什么东西响了起来，她急忙跑过去。

索菲娅 （一边跑过去）尼古拉？你听到没有？

她消失片刻，到厨房里去。

索菲娅 （画外音）我帮你准备了咖啡，你喝完差不多就得
走了。

她回到客厅。

索菲娅 尼古拉？

她穿过客厅，走过去敲尼古拉的房门。

索菲娅　尼古拉？你要迟到了。

停顿片刻。

索菲娅　尼古拉，我已经叫你十次了……你不能每天早上都搞
　　　　　这一出……你在听吗？

停顿片刻。

索菲娅　尼古拉，我在跟你说话，开门……

停顿片刻。

索菲娅　时间差不多了，你不能每天都迟到……昨天已经迟到
　　　　　了……你听到没有？

门突然开了。

索菲娅　你为什么不回答我？
尼古拉　我这不就回答了。
索菲娅　时间差不多了，你得上学了。
尼古拉　我知道。
索菲娅　过来，我帮你准备了咖啡。坐下吧，喝完就得出
　　　　　门了。

索菲娅走去厨房拿咖啡。尼古拉坐了下来。

索菲娅 （画外音）我还得帮你弟弟泡奶，我可不想跟你一样
拖拖拉拉，要是不赶快泡好他就要大哭了。

尼古拉双手捧着脸。

尼古拉 我爸呢？

索菲娅 （画外音）他已经出门了，他今天一大早就有一场会
要开。

她端着一杯咖啡走进来。

索菲娅 来，你的咖啡。你不要别的了吗？

索菲娅发现尼古拉遮着脸。

索菲娅 你怎么了？

他没回答。索菲娅走近。

索菲娅 尼古拉？你怎么了？

尼古拉 没什么。

索菲娅 你……你哪里不舒服吗？

他没回答。这让人觉得他似乎在哭，不过我们还是看不
到他的脸。

索菲娅 尼古拉，发生了什么事？告诉我。

尼古拉 我不知道。

索菲娅　你心情不好？

　　　他没有否认。

索菲娅　为什么心情不好？
尼古拉　我不知道。
索菲娅　你不知道？
尼古拉　不知道。
索菲娅　你经常这样无缘无故就哭吗？

　　　他没回答。

索菲娅　尼古拉？你经常这样吗？
尼古拉　我没有哭。

　　　短暂停顿。索菲娅有点为难，她不晓得该怎么办。

索菲娅　你怎么了？
尼古拉　我无法理解这有什么用！
索菲娅　你是指什么？
尼古拉　所有这一切……人生……
索菲娅　人生有什么用？

　　　她看起来颇为难。

索菲娅　有些时候，我们必须接受做就对了，不必问理由。你
　　　　　　不觉得吗？只要前进就对了……不必想太多。

她搂住尼古拉的肩膀，像是在安慰他。

索菲娅　你在这里过得很好，不是吗？还有你的新房间对不
　　　　对？你说你想住在这里啊。而且你看，我们这些安排
　　　　都是为了你，你不是应该感到欣慰吗？看看你爸爸多
　　　　么支持你，他开口闭口都是你。对不对？好了……打
　　　　起精神来。

尼古拉　好。

索菲娅　而且你还有弟弟……他现在还小，但是很快你就可
　　　　以跟他玩，教他一些事……对不对？你对他很重
　　　　要。乖……

尼古拉　好，对不起。我很抱歉，我不知道自己怎么了。

索菲娅　不用对不起，这种事每个人都会遇到……

他擦干眼泪，端起咖啡喝着。

索菲娅　好一点没有？

尼古拉　嗯，谢谢。

索菲娅　好了好了……

尼古拉　嗯，我得出门了。

他站起来，拿起书包。

尼古拉　我可以问你一个问题吗？

索菲娅　当然……

尼古拉　你认识我爸的时候，知道他已经结婚了吗？

索菲娅　呃？我……

尼古拉　你知道？

索菲娅　知道。

　　　　停顿片刻。

索菲娅　但是他很快就告诉我……

尼古拉　告诉你？

索菲娅　这件事也许你找他谈比较好，对吧？

尼古拉　我不晓得。

索菲娅　我觉得这样比较好，尤其是现在你应该出门了……

尼古拉　你知道吗，他离开的时候，我妈有多难受……她真
　　　　的很痛苦。所以她开始不停地说他的坏话……可是
　　　　我，我爱我爸。我的意思是……我被他们弄得两面不
　　　　是人；这样过了一阵子之后，我已经不知道该怎么面
　　　　对了。

索菲娅　我懂，这不是个容易的状况……

尼古拉　你觉得我妈会生我的气吗？我的意思是，因为我搬来
　　　　这里……

索菲娅　我想她会尊重你的选择。

尼古拉　有的时候，我觉得很有罪恶感。

索菲娅　别这样。

尼古拉　你没有因为这样而打消念头吗？

索菲娅 什么意思?

尼古拉 你遇到我爸的时候,当你知道他已经结婚,还有一个
儿子,你没有因此打消念头吗?

索菲娅 我……你希望我说什么,尼古拉?

尼古拉 没事,你是对的。我不知道为什么要问你这些问
题……太蠢了。

索菲娅 不,一点也不蠢,只是……

尼古拉 (打断她)总之,我要去上学了。谢谢你的咖啡,晚
点见。

他拿起书包,飞也似的走了。剩下索菲娅一个人,被方
才突如其来的状况打乱了思绪。

索菲娅 晚点见。

停顿片刻。灯暗。

| 第六场 |

安妮的公寓。下午快过去的时候。皮埃尔坐在她面前。
安妮看起来很焦躁。

安　妮 所以呢?

皮埃尔 听我说,一切都很顺利。

安　妮 真的吗?

皮埃尔 真的，还不错。他上星期开始去那所新的高中上课了。他跟你说了吗？

安　妮 他只留了言给我。

皮埃尔 他说学校气氛还算不错。

安　妮 那就好。

皮埃尔 当然，他本来真的很不想去，所以得稍微推他一把……不过我相信他现在步入轨道了。

安　妮 那他告诉你到底发生什么事了吗？我的意思是……

皮埃尔 没有，他没怎么说。

停顿片刻。

安　妮 我不懂他为什么心情低落……就好比……

皮埃尔 他就是个青少年，安妮。你看过哪个青少年懂得什么叫作人生幸福吗？

安　妮 不是这样而已，他跟其他人不一样。

皮埃尔 怎么说？

安　妮 没事，我不晓得。

停顿片刻。皮埃尔的手机响了。他切断来电并把手机关机。

皮埃尔 抱歉。

安　妮 那你呢？事务所还好吗？如果我没记错，你这阵子很忙……

皮埃尔　对啊。

安　妮　听说你开始碰政治了？

皮埃尔　我？哪有！那只是一个客户而已……西尼奥雷，你知
　　　　道的吧？

安　妮　（理所当然的样子）嗯。

皮埃尔　他跟我提，要不要加入他的竞选团队。他接着要参加
　　　　党内初选，问我能不能帮他拟订些计划。

安　妮　你应该很开心吧。

皮埃尔　只是当个顾问而已。我连要不要答应都还不晓得……
　　　　因为这很可能会花掉我很多时间……

安　妮　想当初认识你的时候，你还是个前途无量的年轻
　　　　律师……

　　　　停顿片刻。一阵尴尬。

皮埃尔　不过，我想知道……抱歉，我想回到正题，关于尼
　　　　古拉……你为什么这么说？什么叫作他跟其他人不
　　　　一样？

　　　　她没回答。

皮埃尔　他只是需要我们协助他回到正轨，不是吗？

安　妮　我不晓得。

皮埃尔　依我看，他是失恋了……

安　妮　是吗？

皮埃尔　我心里是这么想的，不然找不出其他解释。他应该是跟哪个女孩分手了，然后……就这样。没有什么不对劲的地方，不像你说的那样……我甚至觉得这很正常。以他的年纪来说……

安　妮　是有可能，这孩子情感这么丰富。

皮埃尔　对啊。

安　妮　看他像谁就知道了……

　　　　停顿片刻。一阵尴尬。

安　妮　那……

皮埃尔　索菲娅吗？

安　妮　对，她有什么反应？

　　　　短暂停顿。

安　妮　你可以直接跟我说，你知道的。

皮埃尔　一开始，她有点……

安　妮　攻击性？我猜。

皮埃尔　没有，也不算。应该说是，有点失衡。有个宝宝已经让她够累了，而且她没想到马上得跟一个青少年一起生活……

安　妮　我懂。

皮埃尔　不过，目前看来还不错。

安　妮　他没让她日子难过吗？

皮埃尔　没有……刚好相反……尼古拉适应得不错，他在努
　　　　力，也会留意她的反应。有时候还蛮开心的哩。我想
　　　　他其实挺高兴可以跟他的弟弟一起生活……

安　妮　太棒了。

皮埃尔　对啊，在这方面，我想没什么问题。

安　妮　那就好。

　　　　突然，安妮哭了起来。

皮埃尔　安妮……安妮？你怎么了？

安　妮　没事，抱歉。

皮埃尔　安妮？

　　　　她试图忍住眼泪，整个人却崩溃了。

皮埃尔　安妮……我很抱歉，要是我……我没有伤害你的
　　　　意思。

安　妮　我知道。

皮埃尔　你为什么哭？

安　妮　我觉得……

皮埃尔　怎么了？

安　妮　我觉得我彻底失败了。

皮埃尔　怎么会？

　　　　她仍然哭。

皮埃尔　你说的什么傻话？安妮？你哪里失败了？

安　妮　抱歉。只是……

皮埃尔　只是？

安　妮　没事，算了。

　　　　停顿片刻。她重新整顿好心情。

安　妮　我没想过他会离开这个家。这次是他离开……而且是
　　　　搬过去跟你住。

皮埃尔　我也没想过，你知道的。是他跟我提的。

安　妮　为什么他不想住在这里？所以，其实问题都出在我身
　　　　上，是这样吗？

皮埃尔　当然不是啊……

安　妮　就是！因为他宁可到别的地方生活……我打电话给他
　　　　的时候，他连接都不接。他什么事都不跟我说，仿佛
　　　　我不存在一样。仿佛……仿佛把我从他的人生中划掉
　　　　了一样。

皮埃尔　安妮……拜托你……之前你来找我的时候，你说你们
　　　　关系很紧张，说你受不了了……说他让你仿佛活在
　　　　地狱……

安　妮　我知道。

皮埃尔　你还记得吧，你想把他送去寄宿学校。

安　妮　记得。

皮埃尔　给彼此一点时间，现在，你可以多花点时间关心你

自己。

安　妮　关心我自己？

皮埃尔　（小心翼翼）对啊，我的意思是……我不晓得……我
　　　　从没问过你……你那么低调……

安　妮　（语气坚决）我没有在跟谁交往，如果你是想知道这
　　　　个的话。

停顿片刻。她站起来，离开皮埃尔。

安　妮　有一天，我又看到一张他的相片……我是在整理的时
　　　　候无意间发现的，于是我把它放在床头桌上……一张
　　　　他九岁时的相片，是我们去非洲旅行的时候……你还
　　　　记得吗？

皮埃尔　当然记得。

安　妮　每天醒来，我就看着那张相片。每一次都看得我心情
　　　　激动……那是个黎明，一大清早，我们不能发出半
　　　　点声响，免得惊动正吸着母奶的小狮群……你还记得
　　　　吗？那画面是如此美。在那张相片上，他那张脸是如
　　　　此开朗……像个小太阳。而且，我还记得那个时候，
　　　　我都这样叫他，"我的小太阳"。

皮埃尔　没错。

安　妮　"我的小太阳"。想到那个时候，我们那个时候的笑
　　　　容，当时有多少……没错，多少欢乐，在我们那个
　　　　家。我不晓得到底发生了什么事，为什么事情演变到

　　　　　这个地步……

皮埃尔　好了……

安　妮　老实跟你说，我怕最后落得悲惨的下场。

皮埃尔　怎么会……你在说什么？

安　妮　我不晓得，我有不祥的预感，我是那么爱他，你知
　　　　　道的……

皮埃尔　我知道。

安　妮　还有你，我曾经如此爱你，皮埃尔，要是你知道我曾
　　　　　经多么爱你……

　　　她笑着，忍着泪水。

皮埃尔　好了……别担心……你是个很棒的母亲。你总是对他
　　　　　那么……不是吗？他现在处于低潮期，这不是你的
　　　　　错……而且很快这一切就会回归正轨。

　　　安妮摇摇头表示不认同。

皮埃尔　真的，相信我，安妮。一切都会变好的，他会恢复笑
　　　　　容，就像那张相片上那样。

　　　停顿片刻。她擦干眼泪。灯暗。

｜第七场｜

　　　皮埃尔的公寓。某天晚上。那些东西都还在地上，而每

个人的反应还是一样，把现场的混乱当作不存在。皮埃尔开了一瓶红酒，倒了两杯。索菲娅出现。她看起来很累。

皮埃尔　还好吗？宝宝睡了？

索菲娅　睡了，终于……

皮埃尔　这家伙还真磨人哪……

索菲娅　是啊，我差点跟他一起睡着了。

皮埃尔　给你。

　　　他递给她一杯酒。

索菲娅　谢谢，真好，我累坏了。

皮埃尔　白天还好吗？

索菲娅　没什么特别的事。我去了小儿科一趟，买了点东西。其他时间都在家。你呢？工作怎么样？另外，我在想……你什么时候得回复那件事？

皮埃尔　快了。

　　　停顿片刻。皮埃尔露出笑容。

索菲娅　怎么了？

皮埃尔　我吗？

索菲娅　对啊，怎么了？

皮埃尔　没什么。

索菲娅　那你干吗露出那种表情？

皮埃尔 哪种"表情"？

索菲娅 （没有恶意）一脸满意的表情。

他又笑了，索菲娅的反应让他觉得好玩。停顿片刻。接着他拿出一个盒子放到她面前。

索菲娅 这是什么？

她好整以暇，没有马上去拿那个盒子，装作不在乎。最后，她还是拿起来打开了。是一对耳环。

索菲娅 为什么送我这个？

皮埃尔 你喜欢吗？

索菲娅 是要我原谅你？

皮埃尔 是为了谢谢你。

索菲娅 谢我什么？

皮埃尔 你很清楚。

她看着耳环。

索菲娅 真美。

皮埃尔 你知道吗，我很清楚……总之，你处理这一切的方式，真的让我很感激。

索菲娅 （调皮地）看吧，我就说了，你这是要我原谅你。

他笑了。

皮埃尔 我想说的是……还好有你在。

索菲娅 但是你啊，相反，你在家的时间不多呢……我觉得你无时无刻不在工作。

皮埃尔 对啊，我正在考虑这个状况……所以我不确定是否要接受西尼奥雷的提议。时机不太对，加上尼古拉的事……

索菲娅 你打算拒绝吗？

皮埃尔 我还在考虑。

索菲娅 你应该接受，皮埃尔！这事情你跟我讲了好几个月了。

皮埃尔 我知道。

尼古拉出现在他的房门口。

尼古拉 爸，可以跟你聊一下吗？

皮埃尔 好，当然。

尼古拉发现他打断了他们。

尼古拉 但我是不是吵到你们了？现在？

皮埃尔 不，不，怎么会，来，说吧。

尼古拉 不是什么急事，我只是想听听你的意见。我可以等等……我不想打断你们。你等一下再过来找我？

皮埃尔 好，我等一下过去。

尼古拉 太棒了，谢啦！

他回房间去。

皮埃尔　总之，他看起来好多了。你不觉得吗？他跟我说今天
　　　　他的哲学考试拿到很高分。我觉得他开始恢复对自己
　　　　的信心了……我真是太高兴了……而且据我所知，他
　　　　受邀下星期去一个晚会……

索菲娅　啊，是吗？太好了。

皮埃尔　对啊，因为他也该跟其他人交流交流。看他老是孤单
　　　　一个人，我蛮担心的……

停顿片刻。

索菲娅　除了这个，是没什么问题。

皮埃尔　你是指？

索菲娅　萨夏，我是说小儿科。

皮埃尔　啊？他怎么说？

索菲娅　是她，医生是女的。

皮埃尔　她怎么说？

索菲娅　她说迟早有一天萨夏就会睡整觉了。她的说法跟你一
　　　　样，这只是个"过渡期"。

皮埃尔　依我看，等你回去上班后，事情就简单多了。萨夏会
　　　　去托儿所，正常来说白天玩累了，晚上就比较好睡。
　　　　对吧？

索菲娅　我不晓得，希望啦。

她笑了笑，但脸上流露出一丝沮丧。停顿片刻。

皮埃尔　我还有一件事……本来我们不是说好，五月初要去意大利一星期……

索菲娅　你想取消？

皮埃尔　不，我不想取消。我只是在想……也许时间点不太恰当。

索菲娅没搭腔。

皮埃尔　不只是因为我这边的工作……当然，我先前没想到事情会这样……但我考虑更多的是尼古拉。

停顿片刻。

皮埃尔　我知道这对你来说很重要……我们也要有点两人时光……我们都需要喘息一下……但是，该怎么说？他才复学……我觉得把他一个人留在这里不太好……

索菲娅　那为什么不让他跟我们一起去？

皮埃尔　我考虑过这个可能性，但我觉得这不是个好主意。他连续好几个月没去上课了，我不想在他该上课的时候跟他提议去享受日光浴……

停顿片刻。

皮埃尔　我知道你很失望，但我觉得我们没有其他的办法。

索菲娅　我知道了。

皮埃尔　他需要有人陪着，你知道的，现在是很关键的时
　　　　间点。我可以感觉到，所以不想在这样的时候丢
　　　　下他……

索菲娅　（打断他）皮埃尔，我已经说我知道了，没问题。取
　　　　消行程吧，这一点都不重要，我们下次再去。

皮埃尔　你确定？

索菲娅　对。

　　　他牵起她的手。

皮埃尔　还是……我不晓得……你可以带萨夏去，我不去没
　　　　关系……

索菲娅　耳环是珍珠做的吗？真美。我想这阵子大概没什么机
　　　　会戴，不过这对耳环真的很漂亮，谢谢你。

　　　索菲娅冷冷地看着他。在这句"谢谢你"里，有某种怨
恨，让皮埃尔打了个冷战。

皮埃尔　你在生我的气吗？

索菲娅　没有，只不过，我没想过会这样，其实。

皮埃尔　会怎样？

　　　停顿片刻。

皮埃尔　我跟你保证，等尼古拉的状况稳定了……我们就找个

地方云度假。我们可以多出去走走。

索菲娅 我知道，这只是个"过渡期"。

皮埃尔 你这话什么意思？

索菲娅 没事，抱歉。我累了，当我累的时候，我……不要听
我胡言乱语。

她牵起他的手，对他笑了笑。

索菲娅 谢谢你的礼物。

她把耳环拿到耳旁，让皮埃尔看看戴起来是什么样子。
皮埃尔笑了。

皮埃尔 你还记得下星期我们要去洛朗家吃晚餐吧？

索菲娅 记得。

皮埃尔站起来，指了指那对耳环。

皮埃尔 看吧，你有很多机会戴这对耳环的……

她用笑容来掩饰，但那是悲伤的笑。

皮埃尔 好了，我要去看看尼古拉。等一下再回来，好吗？

他穿过客厅，敲尼古拉的房门。

皮埃尔 尼古拉？

他走进尼古拉的房间。留下索菲娅一个人。一段旋律，比如马斯内的歌剧《谢吕班》里的那首《当您无所事事》[①]。停顿片刻。她慢慢喝完那杯酒。

接着，她会开始一一把地上的东西捡起来放好，那都是尼古拉刚来到这套公寓时的杰作。不过她动作缓慢，随着忧伤的旋律慢慢收拾着，带着一种几乎是听天由命的疲惫感。

这个部分可以持续一段时间，仿佛是她对尼古拉第一次以脑内心象出现（第三场）的一种视觉上的回应。而公寓慢慢回复原本的样貌。灯暗。

| 第八场 |

某个星期六下午。尼古拉穿着一件新的西装外套，站在镜子前。

皮埃尔 如何？

尼古拉 我不知道。

皮埃尔 我觉得这件很适合你。

---

① 《谢吕班》（*Chérubin*）是朱尔·马斯内（Jules Massenet）1905 年创作的三幕歌剧，故事是谢吕班在庆祝他在军中第一次晋升的晚宴上，先是对邀来的知名西班牙舞者动情，随后又对伯爵夫人、男爵夫人倾心，一阵鸡飞狗跳之后，他才意识到自己真正爱的是伯爵夫人的女仆尼娜。——译注

尼古拉　真的吗？看起来不会有点……

皮埃尔　有点怎样？

尼古拉　不晓得，我觉得好像有点蠢。

皮埃尔　相信我，这样很帅。

　　　尼古拉看着镜子里的自己。

皮埃尔　路过这家店的时候，我一眼就看到他们橱窗里的这件外套……心想你应该会喜欢。你不是说你下周有个晚会？当然要打扮一下……

尼古拉　谢谢，只是……

皮埃尔　只是怎样？

尼古拉　我不确定这种西装外套是不是我这年纪的人穿的……

皮埃尔　你在开玩笑吗？像那个售货员……他顶多比你大一点……他就穿着一模一样的外套……

尼古拉　真的吗？

皮埃尔　他跟我说现在大家都这样穿。而且，说真的，这件西装外套很适合你，一穿上就有种气质。

尼古拉　你知道吗，我其实连自己要不要去晚会都不确定……

皮埃尔　为什么？

　　　尼古拉耸耸肩。

皮埃尔　你应该去。跟其他人见见面是好事……让自己放松一下……跟其他人交流……你不能老是一个人窝着……

尼古拉 我知道。但是我跟同年纪的人不太合得来，他们真的很蠢，你知道吗。比如，他们每个人都期待十八岁的到来，好像到时人生就会焕然一新……当然，大家要庆祝满十八岁没什么不好，只是，满十八岁又怎样？没怎样啊。还是说这样就可以去舞厅？但对我来说都一样，我又不喜欢上舞厅，我没兴趣。

皮埃尔 那你对什么有兴趣？

　　尼古拉耸耸肩。

尼古拉 我希望的，是永远不要长大。我觉得长大太复杂了，有太多责任要背，压力太大。我宁愿自己还是个小孩。而且，我又不会跳舞。

皮埃尔 啊，原来如此，问题就在……

尼古拉 到时我还不是要待在角落看着别人……

皮埃尔 我们请索菲娅教你就可以啦……我认识的人里最会跳舞的就是她了……

　　刚好，索菲娅出现了。

索菲娅 你又在胡说八道什么？

皮埃尔 我跟尼古拉说你是最优秀的舞者。

索菲娅 这么厉害。

　　皮埃尔笑了。

索菲娅 （对皮埃尔）那你呢？看你跳成那样，还敢说我？

　　换尼古拉笑了。

尼古拉 （对索菲娅）为什么？他跳得不好吗？

索菲娅 应该说他有他的风格啦。

皮埃尔 独一无二的风格。

索菲娅 你知不知道我们其实是在一场婚礼上认识的？

尼古拉 我不知道。

皮埃尔 索菲娅……

索菲娅 当时每个人都在跳舞，那是我对你爸的第一个印象……他正在舞池里，跳他最有名的"扭臀舞"。

尼古拉 （大笑）那是什么？

索菲娅 你不知道你爸最有名的"扭臀舞"？

尼古拉 不知道。

皮埃尔 索菲娅……还是教他跳舞比较实在啦……他下星期就有个晚会。

索菲娅 （对尼古拉）你等着看。

皮埃尔 你要干吗？

　　她去放音乐。尼古拉很开心地等着看好戏。

索菲娅 来……皮埃尔……露一手给我们看嘛！

皮埃尔 真的有必要这样吗？

236

索菲娅说"有"，并装出苦苦哀求的表情。

皮埃尔 这样可能会把萨夏吵醒……
尼古拉 快点啦，爸！
皮埃尔 好吧，算你们倒霉，是你们自找的……

他开始随着音乐跳舞。索菲娅和尼古拉忍不住爆笑。皮埃尔继续加码，让他们笑得停不下来。

索菲娅 现在你知道为什么我会马上爱上他了吧……
尼古拉 这倒是。
皮埃尔 我知道，没人抗拒得了。
索菲娅 他一进去跳，每个人都停了下来。所以，他当然就成了全场的焦点。
尼古拉 你是怎么办到的？
皮埃尔 就这样啊，看好……

尼古拉接续他父亲的动作，换他跳了起来。

尼古拉 像这样？
索菲娅 哇！不，不会吧！不要跟我说……你也是？
皮埃尔 这就对啦！完美！晚会的时候你就这样跳！
索菲娅 到时你会横扫全场……
皮埃尔 看看这风采！从这一点就看得出他是我儿子！是我儿子！

　　索菲娅笑着，而皮埃尔跟尼古拉一起跳着舞。接着，索菲娅也跟着跳。进入跳舞时光，这期间他们也可以跟着旋律唱起歌来。

　　一切看起来欢乐无比。突然，尼古拉停了下来，僵在那里。脑子里飞快地闪过某些念头，某种沉重的忧伤似乎将他笼罩。

　　于是，他往自己的房间走去，丢下正在跳舞的另外两个人。

皮埃尔　尼古拉？

　　尼古拉离开。索菲娅过去关掉音乐。

索菲娅　他怎么了？
皮埃尔　我不晓得。

　　皮埃尔走到尼古拉的房门口。

皮埃尔　尼古拉？

　　门被锁起来了。

皮埃尔　尼古拉？你怎么了？
索菲娅　我们说了什么不该说的话吗？
皮埃尔　尼古拉？开门……尼古拉？

　　停顿片刻。

　　灯暗。

| 第九场 |

这是个星期天，但皮埃尔仍要工作。公寓恢复了原本的面貌。索菲娅把萨夏抱到婴儿车上，准备带他到公园走走。

索菲娅　皮埃尔？可以给我一分钟吗……

皮埃尔　（整个人埋头工作，盯着他的资料）嗯？

索菲娅　可以跟你聊一下吗？

皮埃尔　你们要出门了？

索菲娅　对，但出门前我想跟你聊一下……如果可以的话……

皮埃尔　嗯哼？

停顿片刻。皮埃尔抬起头，视线离开资料。

皮埃尔　怎么了？

索菲娅　我知道你在工作，但是……这很重要。

短暂停顿。

索菲娅　刚才，我……总之，我整理了一下尼古拉的东西。
　　　　我只是想帮他收拾一下房间，然后……怎么说……
　　　　我……

皮埃尔　告诉我。

索菲娅　我发现了一把刀子。

皮埃尔　什么？

索菲娅 一把菜刀……不过，总之。

皮埃尔 在他房间里？

索菲娅 对啊。

皮埃尔 怎么回事？

索菲娅 刀子就藏在他的床垫底下。当然，我把刀子收起来
了。但我觉得你得跟他聊聊……

　　皮埃尔叹了口气，放下资料。

索菲娅 我很抱歉，但我想还是告诉你比较好。

皮埃尔 他藏一把刀子要做什么？

索菲娅 我不晓得。

皮埃尔 你觉得……

　　他指了指自己的手臂。

皮埃尔 我不懂，他为什么要这样做？我还以为……他看起来
状况不错啊，不是吗？

　　索菲娅耸耸肩。

皮埃尔 你不觉得吗？

索菲娅 我不晓得。

皮埃尔 他会去上课，也笑容满面，他……他状况变好了呀。

索菲娅 是啊。

皮埃尔 所以呢？他为什么要这样做？

索菲娅　我想最简单的方式就是跟他谈谈。

停顿片刻。

索菲娅　不要给我这副表情。

皮埃尔　抱歉。好，你是对的。你……你要出门了吗？

索菲娅　嗯，趁现在天气还不错。我想你就不用跟我们……

皮埃尔　嗯，谢谢你体谅。我得把这份资料处理好，星期一才能交代。

索菲娅　来，我们去晒晒太阳吧，我的小亲亲，你说是不是？

她发现皮埃尔陷入沉思。

索菲娅　别担心。他可能还没完全恢复，有点脆弱，这也算正常……不要把这件事过度解读了。而且，你说得没错，因为你为他做的这些，他的状况确实是比较好了。

他不知所措，心里突然涌上无数怀疑。

皮埃尔　真的吗？

尼古拉出现在他房门口。

皮埃尔　啊，尼古拉……

尼古拉　你们要去公园散步？

索菲娅　只有我跟萨夏。你爸爸会留在家里，他有工作要忙。

皮埃尔　而且，在我继续忙之前，我想跟你聊一下……

尼古拉　现在？

皮埃尔　对。

尼古拉　聊什么？

索菲娅　那么，你们慢慢聊，我们出门了……好吗？

皮埃尔　好，待会儿见，亲爱的。好好散步。

索菲娅　待会儿见。

　　　她推着婴儿车出门。

尼古拉　怎么了？

　　　停顿片刻。

尼古拉　有什么问题吗？

皮埃尔　是啊。

　　　短暂停顿。皮埃尔心里盘算着要怎么切入这个微妙的话题。

皮埃尔　为什么你要在床垫底下藏刀子？

尼古拉　什么？

皮埃尔　你的床垫底下藏了一把刀子。你不知道吗？

　　　短暂停顿。

皮埃尔　你藏那把刀子做什么？

尼古拉　没什么。

皮埃尔　什么叫作"没什么"？

尼古拉 就藏着而已，以防万一。

皮埃尔 以防万一？你讲的什么话？

尼古拉 我不知道。万一有小偷闯进来……或者……这样我比较有安全感。

停顿片刻。他很清楚父亲对他的解释不买账。

尼古拉 有一天晚上，我以为……我听到了某种声音，但是没半个人影。当时，我很害怕。有时候，我可能是有点妄想症吧……但你也没必要大惊小怪。

停顿片刻。

皮埃尔 让我看一下你的手臂。

尼古拉 什么？

皮埃尔 让我看一下你的手臂。

尼古拉 不要。

皮埃尔强硬地把他的手臂抓过来，发现有新的伤痕。

皮埃尔 尼古拉……

他们对看了半晌，一句话也没说。

皮埃尔 你为什么这样做？

尼古拉 怎样做？

皮埃尔 你心知肚明。

尼古拉耸耸肩。

皮埃尔 给我个解释，为什么？

尼古拉 我不知道。

皮埃尔看夹有点因为一直得不到答案而恼怒。

皮埃尔 我不希望你伤害自己。你听到没有？

尼古拉 我没有伤害自己啊。

皮埃尔 你没看到你那些伤痕？对我来说，这就是在伤害自己。

尼古拉 正好相反。

皮埃尔 什么叫作"正好相反"？

尼古拉 没什么。

皮埃尔 有，给我个解释，给我个解释，尼古拉。

尼古拉想着该怎么给出解释。

尼古拉 这可以让我缓解。

皮埃尔 缓解什么？

尼古拉耸耸肩。

皮埃尔 缓解什么？

尼古拉 焦虑的时候，我……这是排解焦虑的一种方法……

皮埃尔 哪一种焦虑？

停顿片刻。

皮埃尔　（激动）尼古拉……这方法是为了排解你的哪一种
　　　　焦虑？

停顿片刻。皮埃尔继续。

皮埃尔　我希望你不要再这么做了。

尼古拉　可是……

皮埃尔　这问题没什么好谈的。我禁止你再这么做。听懂
　　　　了没？

停顿片刻。

皮埃尔　尼古拉？听懂了没？

尼古拉　懂了。

皮埃尔　我无法接受这种方式，这种……生活里，有些事情是
　　　　不该做的。总之，你没有意识到吗？用一把刀？

尼古拉　是索菲娅发现的吗？

皮埃尔　这不重要。

尼古拉　为什么她要翻我的东西？

皮埃尔　她没有翻你的东西。她是好心帮你整理床铺。因为你
　　　　从来都不整理！

尼古拉　（想扯别的事情，就像青少年常会做的那样）好了啦……

皮埃尔　好什么？

尼古拉　又不是……

皮埃尔　（打断他）又不是什么？你想过没有，你拿了一把菜
　　　　刀好让自己……

尼古拉　一开始，我不是要拿来做这个啦。就像我刚才跟你说
　　　　的，我只是想在身边放一把刀子，用来自我防卫而已。

皮埃尔　自我防卫？你要防卫自己什么？你在鬼扯什么？你知
　　　　不知道你自己在胡言乱语？

尼古拉　那你呢？你不是有一把枪！

皮埃尔　什么？

尼古拉　在车库，就在柜子后面，有一把枪。

皮埃尔　啥？对，但……这……这跟你的事情毫无关系，
　　　　这……

　　　尼古拉等着，看他父亲要怎么讲下去。

皮埃尔　那是个礼物。

尼古拉　礼物？

皮埃尔　对，但总之，一码归一码。这跟我们在聊的事情毫不
　　　　相干，尼古拉。

尼古拉　是谁送了你一把枪？

　　　皮埃尔很明显不想多谈，但是他发现自己不得不把话说
清楚。

皮埃尔　我父亲。那是很久以前的事了。他喜欢打猎，非常热

衷。那是一把猎枪。你看，很普通的一件事吧。那把枪可不是为了"自我防卫"。

尼古拉 为什么他要送你一把猎枪？

皮埃尔 因为……他可能觉得我收到这份礼物会开心吧。这样我们就可以一起去打猎。就可以……但你看，我从来没用过。我痛恨打猎，以及所有跟打猎相关的东西。

尼古拉 既然如此，你为什么要留着？

皮埃尔 你真想知道的话，我必须说我根本连有这把枪都忘了……这枪本来放在地窖好多年了，我是在……是在搬家的时候发现的……于是顺手放在衣柜后面……暂时放着。因为这栋大楼没有地窖……如此而已。

尼古拉 里面有子弹吗？

皮埃尔 尼古拉……这不是我们讨论的主题。

　　短暂停顿。

皮埃尔 为什么你要搞这种事？说真的，我不懂……

尼古拉 我知道你不懂。

　　停顿片刻。

皮埃尔 你在之前的高中究竟发生了什么事？

　　尼古拉没回答。

皮埃尔 该是告诉我真话的时候了吧，你不觉得吗？

停顿片刻。

皮埃尔　你在学校一定发生了什么事⋯⋯不然，你不会干这种
　　　　事⋯⋯你不会这么做。

停顿片刻。

皮埃尔　如果你什么都不说，我无法理解⋯⋯我在这里就是为
　　　　了帮你，尼古拉。

停顿片刻。

皮埃尔　如果你不想跟我说，也许你可以跟哪个人聊聊？你觉
　　　　得呢？

尼古拉　我不想谈那件事。

停顿片刻。

皮埃尔　无论如何，如果你感到焦虑，还是有其他方法可以排
　　　　解的。为什么你不多做点运动？也许你可以去公园
　　　　跑跑步？愿意的话我们可以一起去。比如星期六早
　　　　上⋯⋯或是随便什么时间！可是像你这样，是绝对不
　　　　行的，你懂吗？

短暂停顿。皮埃尔抓起尼古拉的手臂。

皮埃尔　我去拿点什么给你消毒。

尼古拉　不用啦……只是一些轻微的伤痕而已。

　　　短暂停顿。皮埃尔怜惜地搂了搂尼古拉。

皮埃尔　你知道吗，当你伤害自己，就等同于在伤害我。

尼古拉　（充满冷漠与责备）而你，当你伤害妈妈的时候，就
　　　　　等同于在伤害我。

　　　皮埃尔措手不及。停顿片刻。灯暗。

┃ 第十场 ┃

　　　某个星期六的晚上。皮埃尔在客厅的镜子前打着领带。
尼古拉从他背后走了过来，手上拿着一碗麦片，坐到沙发上。

皮埃尔　你在吃麦片？

尼古拉　对。

皮埃尔　你不想来点比较振奋人心的东西吗……

　　　尼古拉看着他，一脸疑惑不解。

皮埃尔　该怎么说，现在是星期六晚上啊……

尼古拉　所以呢？

皮埃尔　你不想去跟朋友聚聚……去看电影之类的……

尼古拉　我没有朋友。

皮埃尔 这是什么话？

尼古拉 这是事实。

　　短暂停顿。

皮埃尔 从前，你有朋友……像是塞巴斯蒂安。你经常去找
　　　　他。还有……那个谁来着？马蒂厄……那个留长发
　　　　的……为什么你不跟他们往来了？

　　停顿片刻。

皮埃尔 还有你跟我提过的那个晚会……

尼古拉 爸……好了……

皮埃尔 怎么？

尼古拉 你可以别再说了吗？

　　索菲娅走进客厅。她穿着一条裙子。

索菲娅 亲爱的，你知道我的耳环在哪里吗？刚才还在我手
　　　　上……然后就不见了……

皮埃尔 呃？不晓得。房间里找过了吗？

索菲娅 我到处都找过了……真奇怪。我快疯了。

　　皮埃尔的手机响了。

皮埃尔 啊，等等。喂？是……是……

他走出去。索菲娅用怀疑的眼光看着尼古拉。她对着镜子涂口红。

索菲娅 你没有看到吗？

尼古拉 看到什么？

索菲娅 我的珍珠耳环……那是你父亲送我的……刚才还在……

尼古拉 没看到。

索菲娅 最近我一直在丢东西……

停顿片刻。

尼古拉 你换了一条裙子？这件很适合你……

索菲娅 谢谢。

尼古拉 不，我说真的。你这样穿很美。

索菲娅笑了。

尼古拉 你们要去哪里？

索菲娅 没什么特别的……我们要去朋友家吃晚餐……洛朗，你认识他吗？

尼古拉 不认识。

索菲娅 话说，我说"没什么特别的"，不过其实相当特别……自从萨夏出生以来，这可以说是我们第一次出去……给你个良心建议，如果你打算继续享受生活，就永远不要生小孩！

她笑着，不过马上改口。

索菲娅　我开玩笑的。

尼古拉　你知道吗，我知道……总之，你并没有选择跟我一起
　　　　生活……而我……就是……我很感谢那个……因为你
　　　　没有反对我过来住……

索菲娅　为什么我要反对？

尼古拉　我不知道。

索菲娅　你是萨夏的哥哥。这里也是你的家。

尼古拉　嗯。

突然，尼古拉脸上露出一抹哀伤。索菲娅注意到了。

索菲娅　你还在想那个女孩？

尼古拉惊讶地看着她。

索菲娅　你父亲……总之，我的意思是，你父亲告诉我，你
　　　　后来跟他解释了到底发生了什么事……在你之前的
　　　　学校……

尼古拉　他跟你说了什么？

索菲娅　他只是跟我说……总之，说你本来跟那个女孩在一
　　　　起，后来分手了……

停顿片刻。

索菲娅 （亲切地）别担心，这种事情，有天我们终究会忘记的。

突然，皮埃尔走进来。

皮埃尔 好了，坏消息……利蒂希娅摆了我们一道。

索菲娅 什么？

皮埃尔 我刚才在跟她讲电话。

索菲娅 现……现在？在最后一刻？

皮埃尔 她生病了。

索菲娅 开什么玩笑？

皮埃尔 我很抱歉。

索菲娅 她好歹提前告诉我们。

皮埃尔 她道了老半天歉，说她发烧了……

索菲娅 那好，可是在这个节骨眼搞这么一出，就在最后一刻……我们怎么办？

尼古拉 谁是利蒂希娅？

皮埃尔 今天晚上本来要来照顾萨夏的保姆。

索菲娅 要我打电话给玛丽吗？

皮埃尔 我已经打过了，她没空。

索菲娅 了不起，好不容易我们可以出门透透气！

皮埃尔 现在怎么办？我跟洛朗说一声？我们取消？

索菲娅叹气。

尼古拉 你们要我照顾他吗？让我来？

皮埃尔 你？

尼古拉 如果要的话，我可以照顾他。

皮埃尔 你……你觉得你有办法吗？

尼古拉 （理所当然地）有啊。

索菲娅犹豫着。

皮埃尔 （对索菲娅）你觉得……

索菲娅 不，谢谢你的提议，可是……

皮埃尔 有何不可？

索菲娅 不，你知道的，萨夏还是个小宝宝，是……

尼古拉 看你们的……我只是想说可以帮你们……

索菲娅 谢谢，真贴心。但我觉得最好是……

皮埃尔 你确定？因为……

索菲娅 嗯，谢谢。打给洛朗吧。最好还是取消。

尼古拉 随便你们。

尼古拉走出去。皮埃尔一脸阴沉地看着索菲娅。

索菲娅 怎么？

皮埃尔 没什么。

索菲娅 你干吗这样看着我？

皮埃尔　你觉得呢？他那么好心提议……我不懂你为什么要
　　　　拒绝。

索菲娅　你不懂？

皮埃尔　我不懂。那可是他的弟弟。

索菲娅　所以呢？

皮埃尔　他好歹可以照顾他吧。

索菲娅　我就是不放心。萨夏还是小宝宝。而且……

皮埃尔　而且什么？

　　　停顿片刻。

皮埃尔　你总是只看事情的阴暗面。

索菲娅　看事情的阴暗面总比什么都看不到来得好。

皮埃尔　你这话什么意思？

索菲娅　没什么。

皮埃尔　明明就有。告诉我……什么是我没看到的？

索菲娅　算了。

皮埃尔　你真的觉得，尼古拉没办法在他弟弟睡觉的时候在旁
　　　　边看着他？

　　　她没回答。

皮埃尔　我们要信任他，索菲娅。不然要怎么期待他走出来？

索菲娅　他……你对他的状况很清楚。他才从失意中走出来，
　　　　状况还不太稳定。他甚至……抱歉，如果你听了吓到

的话……但我不会把我的儿子交给一个……

皮埃尔　一个？

她没回答。尼古拉出现在门口，手上拿着耳环。但皮埃尔和索菲娅都没注意到他的存在。

皮埃尔　说啊，你不会把你的儿子交给……
索菲娅　够了。
皮埃尔　你说啊。
索菲娅　他很奇怪，皮埃尔。别跟我说你不觉得。我甚至觉得他整个人非常非常奇怪。有时他会露出一种担忧的神情……他……总之，老实说，你眼睛放亮点，他不太对劲！

突然，索菲娅发现尼古拉。皮埃尔注意到索菲娅惊讶的眼神，转身看着尼古拉。

皮埃尔　尼古拉……你……你在这里做什么？

停顿片刻。

皮埃尔　尼古拉？你……啊，你找到耳环了？
索菲娅　你在哪里找到的？

停顿片刻。他动也不动。

皮埃尔　尼古拉……事情不是你想的那样……我们吵架是因

为……总之，你知道状况的……这跟你无关……我们
只是因为今晚无法出门而感到失望……知道吗？索菲
娅有点气急败坏了，但她不是像她说的那样想的，你
听见没？

停顿片刻。

皮埃尔　尼古拉？我在跟你说话……

尼古拉慢慢走向索菲娅，把耳环递给她。

尼古拉　在走廊找到的。

他转过身，走向他的房间，离开。
皮埃尔和索菲娅两人留在客厅里。皮埃尔痛苦地喘着气，
接着，他用充满怨恨与责备的眼神直视索菲娅。灯暗。

| 第十一场 |

安妮的公寓。尼古拉独自一人。他在笔记本上写着。突
然，门开了，安妮出现。她看到尼古拉时吓了一跳。

安　妮　尼古拉？你吓到我了……你在这里做什么？

停顿片刻。

安　妮　你……你可以跟我说你要过来啊……我……我都不
　　　　晓得。

　　　她靠近他，做出表示亲昵的动作。

安　妮　你还好吗？
尼古拉　你呢？
安　妮　看到你真是太开心了。你……你在等我吗？

　　　　尼古拉耸耸肩。

安　妮　你怎么了？
尼古拉　没事，只是想跟你聊聊。
安　妮　你有时间吗？现在几点了？你不用上课？
尼古拉　我只待一下而已。
安　妮　你要喝点什么还是……
尼古拉　不用了，谢谢。

　　　　她坐了下来。

安　妮　你最近怎么样？我给你留了好多次言，但你从来就不
　　　　回电……告诉我，你过得好吗？
尼古拉　普普通通。就是这样所以我想问你……
安　妮　怎么？
尼古拉　就是，我想说……其实，我改变主意了。
安　妮　关于什么？

尼古拉　关于……你觉得我可以搬回这里住吗？

安　妮　这里？为什么？我的意思是……出了什么问题吗？

　　尼古拉耸耸肩。

安　妮　我还以为你在那里很顺利。你爸爸跟我说你对新的高
　　　　中挺满意的……不是吗？

　　停顿片刻。

安　妮　为什么每次都不回复我？我在你的答录机留了那么多
　　　　信息，而你……

尼古拉　我知道，我很抱歉……

安　妮　你在生我的气？

尼古拉　没有。

　　停顿片刻。

安　妮　这阵子我们处得不太好，这是事实。但我真的很高兴
　　　　你来找我谈，你知道的。我很想你。

尼古拉　我也很想你。

　　她笑了。

安　妮　为什么你想搬回这里住？如果这是你要的，当然没问
　　　　题……这里是你的家……有你的房间。但我的意思
　　　　是……你跟你爸爸谈过了吗？

尼古拉　没有。

停顿片刻。

安　妮　发生什么事了，尼古拉？

尼古拉　在那里我觉得不自在。我想说……我想过……

他不知道该怎么说下去。

尼古拉　但总之，那边没有我的位置。

安　妮　你说的什么话？你爸爸看起来是……

尼古拉　在某种程度上，我影响到他们了，我很清楚。我影响到他们了。他让我压力很大。

安　妮　你爸爸？

尼古拉　对。他可能没意识到，但他老是跟我讲功课、学校的事，仿佛人活着只有这些事……

安　妮　这很正常，他是担心你。

尼古拉　没有，他才不管我。我的意思是，他不在乎真正的我是什么样子。他只是希望我跟他一样成功，用他的方式。但是，我并不想学法律，也不打算当律师。我才不在乎，我对这些没兴趣。

安　妮　我懂。

停顿片刻。

安　妮　从前有某个时期，你的梦想是成为作家。

尼古拉 没错。

她对他笑了笑。

安　妮 你现在还在写吗?

尼古拉耸耸肩，不过我们知道他的意思是"写"。

安　妮 你让我想到我弟弟。你们两个都是艺术家。

尼古拉 是我就不会这么说。而且，他现在在做保险业务。所以，别拿我跟他比……

她笑了。

安　妮 就是这样我才这么说。我常会想到他错过的那些……他其实可以做很多有趣的事，我很确定。要是他当初坚持下去的话……你也一样，你其实可以。

停顿片刻。

尼古拉 总而言之，我在那边过得不太好。我觉得我好像永远无法达到他的标准。

安　妮 别这么说……

尼古拉 是真的。我觉得我好弱……我很清楚他心里怎么看我。从他的眼神就看得出来，就算他嘴巴上不说……而且我也不想让他失望。

安　妮 你说的什么傻话?

停顿片刻。

安　妮　你爸爸希望给你最好的，尼古拉。只是，你们两个不
　　　　一样。我可以想象，这段时间他也一样，压力很大。
　　　　你不觉得吗？不要生他的气。关于他那件事……你跟
　　　　他聊过吗？

尼古拉　聊什么？

安　妮　他要帮西尼奥雷拟订一套经济方案。这是他多年来的
　　　　梦想，对他来说很重要。你爷爷是政界的，曾经当了
　　　　好多年的市议员，你知道吧？

尼古拉　不知道。

安　妮　我觉得这两者不无关系。就某方面来说，他是来到了
　　　　他父亲的土地上狩猎……

尼古拉　你知道他送了他一把枪吗？

安　妮　哦？

尼古拉　说到打猎……他跟我说他爸爸送了他一把枪。

安　妮　或许吧，我不清楚。

尼古拉　那把枪一直都放在公寓里……我看到了。他跟我说他
　　　　痛恨打猎。但他这么说的时候，我觉得他痛恨的其实
　　　　是他爸爸。

安妮笑了，仿佛表示赞同。

尼古拉　为什么他们都不理对方？

安　妮　这是个很长的故事……你爷爷这个人真的……很
　　　　特别。

尼古拉　什么意思?

安　妮　他向来对皮埃尔不太关心,他几乎都不在家……而且
　　　　从来不会鼓励他。就是因为这样,听到你说他给你压
　　　　力……我才会认为他其实是想尽力当一个好爸爸,用
　　　　他的方式。他对你有信心,他爱你。

　　　停顿片刻。

尼古拉　我做不到。

安　妮　为什么这样说?

　　　短暂停顿。尼古拉犹豫是否要坦承更多细节。

尼古拉　我……

安　妮　为什么你觉得自己做不到?

尼古拉　我状况不好,妈妈。

　　　安妮想到皮埃尔跟她提过的,尼古拉失恋那件事。她温
柔地对他笑了笑。她希望向他传达她理解他的失落。

安　妮　你父亲跟我说你跟一个女孩分手了。是因为这件事?

　　　短暂停顿。

安　妮　不是这件事?

尼古拉　不是。

安　妮　可是……

尼古拉　（打断她）对，我知道。我是那样跟他说的……

　　　安妮看着他，无法理解。

尼古拉　他不懂为什么我状况不好……他需要一个合理的解释。你也知道他的个性……所以我就说点他想听的话。

安　妮　你的意思是……

尼古拉　我根本没跟那个女孩交往过。

　　　停顿片刻。安妮完全被搞糊涂了。

尼古拉　就只是……

　　　短暂停顿。

尼古拉　就只是因为我生来跟别人不同。

　　　安妮透过眼神问他：这话是什么意思？

尼古拉　有时候，我觉得我就不该活着。我做不到。但是，我试过了，每天，我用尽全力尝试，但我做不到。我一直处在痛苦中。而且我累了，承受痛苦让我好累。

安　妮　尼古拉……

尼古拉　我希望停止这一切，妈妈。

安妮看来被吓到了。她抓住他的手。

安　妮　别这么说，我的宝贝。永远别说这种话。听见没
　　　　有？前面有那么丰富的事物在等着你。你有大好的人
　　　　生……所以，不要说这种话，我的小太阳……听见没
　　　　有？别说这种话，别跟你妈妈说这种话。

她满怀母爱地抚摸着他。他闭上双眼。停顿片刻。灯暗。

｜第十二场｜

某天下午，公寓。皮埃尔刚从办公室回来。他直接过去
敲尼古拉的房门。

皮埃尔　尼古拉？可以请你过来一下吗？
尼古拉　（画外音）怎么了？
皮埃尔　过来！我得跟你谈谈。

皮埃尔穿过客厅，我们可以察觉到他的烦躁。尼古拉出
现在他的房门口。

尼古拉　什么事？
皮埃尔　坐吧。
尼古拉　怎么了？
皮埃尔　叫你坐就坐。我们得谈谈。

尼古拉坐下。

皮埃尔　我会试着冷静地跟你谈，但我不确定我能不能做到。因为我现在非常生气。

停顿片刻。

皮埃尔　到底怎么一回事？

尼古拉不懂他指的是什么。

皮埃尔　很显然，你不晓得我在讲什么。

尼古拉　不晓得。

皮埃尔　我讲的是你的学校……到底怎么一回事？

尼古拉　没什么特别的。怎么了？

皮埃尔　没什么特别的？

尼古拉　没有啊。

停顿片刻。我们感觉到皮埃尔试图压抑怒气。

皮埃尔　昨天下午，有模拟考，对吧？

尼古拉　对。

皮埃尔　对，你就是这么跟我说的。然后呢，考得怎么样？

尼古拉　我跟你说过了。

皮埃尔　对，但我想要再听你说一遍。

尼古拉　应该不错吧，我觉得。

皮埃尔　那就好。

短暂停顿。

皮埃尔　只不过，你知道吗，昨天下午，索菲娅带萨夏去散
　　　　步，他们去了公园，然后看到你在那里。你就坐在一
　　　　张长椅上，看起来是在笔记本上写东西。总而言之，
　　　　你没有去上课。

停顿片刻。

皮埃尔　那么，我再问你最后一次，这一次，我要听到答案……
　　　　到底怎么一回事？

停顿片刻。

皮埃尔　你又开始逃课了，对吗？

尼古拉　没有。

皮埃尔　那你昨天为什么没去上学？

尼古拉　她为什么要跟你说这个？

皮埃尔　这不是问题所在，尼古拉。

尼古拉　才怪，这就是问题所在。

皮埃尔　不！问题不在这里。问题在于我们全心全意地帮你，
　　　　我们尽力做到最好，为了你不惜付出一切，而你呢，
　　　　与此同时，你把我们当作……你把我们当笨蛋！

尼古拉　她跟你打小报告，就为了挑拨我们的感情。

皮埃尔 没这回事。

尼古拉 打从一开始，她就希望我离开这里。

皮埃尔 你错了，而且这根本不是重点。不管她跟我讲没讲，这都不是问题！问题是你说谎，尼古拉。你昨天为什么没去上学？

　　　停顿片刻。

皮埃尔 我在听。

尼古拉 我觉得我状况不好……我去不了。这个考试让我觉得压力太大了，所以我……我很抱歉。

皮埃尔 你很抱歉？

　　　停顿片刻。

皮埃尔 我跟学校联络，我打了电话过去。你知道他们跟我说什么？

　　　停顿片刻。

皮埃尔 他们跟我说，你从来就没去上过课。

　　　尼古拉低下头。停顿片刻。

皮埃尔 他们跟我说你就去了第一天，两个月前。接着你再也没去过。一次也没去过。

　　停顿片刻。

皮埃尔　很显然他们收到了一封信，一封署名是我的信，信里
　　　　　说你又转回之前的高中去了……

　　停顿片刻。

皮埃尔　你没有什么话要说？

　　停顿片刻。

皮埃尔　我只要想到你竟然敢跟我吹嘘你平常成绩不错，说你
　　　　　受邀去参加晚会……这段日子以来，你都在骗我！

　　停顿片刻。

皮埃尔　现在我应该怎么做？把你送去寄宿学校？

　　*尼古拉露出一抹诡异的笑容，仿佛他早就预料到皮埃尔
会说出这句话。*

皮埃尔　不然你希望我有什么反应？这段时间你白天都在做什
　　　　　么？因为我甚至连你的目的是什么都无法理解……你
　　　　　都在走路，是吗？你……

　　皮埃尔看来乱了阵脚。

皮埃尔　我们给你机会，拉你一把，而你，你做了什么？你还

是跟从前一样。你……你对所有人说谎……你……

他说不下去了。停顿片刻。

皮埃尔　解释给我听！到底怎么了？你吸毒吗？

这话让尼古拉笑了。

皮埃尔　不然你解释给我听啊！

停顿片刻。

皮埃尔　我已经不知道该拿你怎么办了。我是认真的，我不知道该怎么办了……我试着倾听你的心声，站在你这边，给你力量，给你信心，但很显然，这一切只是徒劳。

停顿片刻。

皮埃尔　你觉得人能这样活吗？只管自己爱怎么样就怎么样？逃避上学，逃避责任，逃避长大……那你的人生要怎么过？如果你什么也不做的话！告诉我，你会变成什么样？

停顿片刻。尼古拉什么也没说，只是紧紧盯着他。

皮埃尔　当然了，你不会回答。不要再那样看着我。你以为你是谁？想威胁我？没有用，我马上就可以告诉你。这招对我行不通。

　　停顿片刻。

皮埃尔　那么我就来告诉你接下来该怎么办。从明天开始，不
　　　　管你高不高兴，都给我回去上课。听懂没？

尼古拉　不要。

皮埃尔　你说什么？

尼古拉　（冷静地）我说"不要，我不要回去上课"。

　　停顿片刻。

皮埃尔　你在耍什么花招，尼古拉？你想干什么？

　　停顿片刻。

皮埃尔　我在你这个年纪的时候，我妈生病，我爸不见人影，
　　　　我经济上问题一堆，但是我努力奋斗。我努力奋斗，
　　　　而且我可以告诉你，那过程一点也不有趣。你呢？你
　　　　遇到了什么？你的人生中究竟有什么事，悲惨到让你
　　　　没办法跟别人一样去上课？回答我！

　　停顿片刻。

皮埃尔　回答我，尼古拉！

尼古拉　我做不到。

皮埃尔　你做不到？我连你这句话都没办法听懂。你做不到什

么？早上起不了床？注意力无法集中？没办法努力？

尼古拉　活着。

短暂停顿。

尼古拉　活着，这件事我做不到。而这是你的错。

皮埃尔　什么？

尼古拉　我之所以这样，是你的错。

皮埃尔　你讲的什么鬼话？

停顿片刻。

皮埃尔　我错在哪里？我做了什么？你说啊。

尼古拉　你让我反胃。

皮埃尔　什么？

停顿片刻。

皮埃尔　你说什么？

尼古拉　你跟我长篇大论，谈人生，谈工作。可是你呢，你抛弃了我们，仿佛我们跟大便一样一文不值，你头也不回地离开……

皮埃尔　啊？

尼古拉　你自以为高人一等，但是打从一开始，你的行为举止就像个下三滥。

皮埃尔试图保持冷静。

皮埃尔　把你刚才这些话给我收回去！尼古拉……你听见没
　　　　有？把你刚才讲的这些话给我收回去！

尼古拉　下三滥！

皮埃尔暴走，扑向尼古拉。他抓住他的领子，一边对
他说。

皮埃尔　我，我是个下三滥？我？

尼古拉试图挣脱，但是皮埃尔抓着他。

皮埃尔　我养你这么多年！你缺过什么吗？难道我没有为你付
　　　　出所有吗？你说啊！

但是尼古拉没有回答。皮埃尔语调越来越激昂，眼里几乎
充满泪水，他摇晃着他的儿子，绝望地、越来越用力地摇晃着。

皮埃尔　你回答啊，天杀的！

皮埃尔继续，以一种越来越绝望的姿态，情形演变得像
是一种身体上的搏斗。

皮埃尔　这么多年……你听到没有……我养了你这么多年。我
　　　　跟你妈一起……你为什么说这种话？为什么？

尼古拉　放开我！

皮埃尔 就因为我爱上了另一个女人？就是因为这个？这就是我的罪过？可是这跟你有什么关系？你说说看？我有权利重新过我的人生，该死！这是我的人生！你听见没有！

　　皮埃尔几乎是在嘶吼。

皮埃尔 这是我的人生！

　　两人跌落在地板上。停顿片刻。尼古拉几乎呆滞了：他没想到他父亲的反应如此激烈。皮埃尔也一样，宛如受到重击。他调整呼吸，重整思绪。停顿片刻。皮埃尔作势拍了拍尼古拉的肩，仿佛为了安抚他，但接着又走开，好让紧张的情势缓和一点。他的呼吸仍然无法平复。他擦干眼泪，试图冷静下来。尼古拉仍然一动也不动，像个六岁的小孩，吓呆了。皮埃尔于是转向尼古拉。

皮埃尔 我很抱歉，尼古拉。我不知道自己怎么了。

　　他想拉他一把帮他站起来，但是尼古拉躲开了，自己站了起来。他一脸惊恐地看着皮埃尔，接着往公寓的门口走去。

皮埃尔 尼古拉？

　　尼古拉头也不回。

皮埃尔 尼古拉，拜托你……

尼古拉用力把门一甩，离开。停顿片刻。皮埃尔看起来完全失了神。

灯暗。

| 第十三场 |

急诊室等候区。皮埃尔焦急不已。突然，安妮出现了。我们感觉她好像是跑过来的。

皮埃尔 安妮……

安　妮 他在哪里？

皮埃尔 他们在处理了，别担心。

安　妮 他还好吗？他们说什么了吗？

皮埃尔 还好及时发现，一切都会没事的。

她紧紧抱住他。

安　妮 天哪……到底是怎么回事？

皮埃尔 医生等一下会过来，他会跟我们说明。别担心。

安　妮 真的没问题吗？

皮埃尔 他们是这么说的。

安　妮 我的小宝贝……

皮埃尔 没事的，几乎快结束了，没问题的……

安　妮 可是，到底是怎么回事？他是拿什么弄的？

皮埃尔　刮胡刀。

安　妮　之前他跟我提过，说他想要……我应该听他说的……
　　　　或是应该再进一步了解。

皮埃尔　没事的……冷静点。

安　妮　都是我的错。他都来找我聊了，而且他……他都跟我
　　　　说得那么明白了。

皮埃尔　安妮，拜托你，冷静点……一切都会没事的，听见
　　　　没有？

安　妮　不，怎么可能没事！你怎么还说得出这种话？还有，
　　　　为什么他平常用的不是电动刮胡刀？

　　　皮埃尔抱住她，好让她冷静下来。

皮埃尔　好了，好了……冷静点。我拜托你……冷静点。你急
　　　　成这样也没用。拜托你……

　　　停顿片刻。她冷静下来。

安　妮　我们还要等多久？

皮埃尔　不晓得。

安　妮　你到了多久了？

皮埃尔　半小时左右吧。他们说很快就会过来跟我们说明。

安　妮　他到底为什么这么做？

　　　她觉得皮埃尔似乎有点迟疑要不要回答。

安　妮　出了什么事?

皮埃尔　没什么特别的。我不在，因为我在上班。是索菲娅发现的。还好她叫了救护车，让他们把他送到这里。我是直接从公司过来的。

安　妮　那她什么都没说吗?

皮埃尔　没有。我只知道……她本来已经出门了，然后……她忘了带手机，于是又回家拿。所以才在浴室发现他……他那时候才……算我们运气好，救护车很快就到了……我很抱歉，我真的很抱歉。

安　妮　我不懂。

皮埃尔　昨天晚上，我发飙了……你懂吗? 我没办法克制我内心的愤怒……我想把他摇醒! 他拥有所有幸福的条件，什么都有! 他却躺在床上，什么都不想做……简直令人绝望。他彻底自暴自弃了。我说的还不是学校……比这个还夸张。

安　妮　所以你们大吵了一架?

　　　　　皮埃尔用手蒙住脸。

安　妮　皮埃尔……

皮埃尔　我那么想帮他……我想拉他一把。可是到头来，弄巧成拙。看看现在，我们竟然在这里……太可怕了。我多希望能成功地……让事情往别的方向发展……至少不要……

安　妮　我懂。

　　安妮温柔地握住他的手，像是在安慰他。

皮埃尔　我们接着该怎么做？

安　妮　我不晓得，我跟你一样迷惘，你知道的。

　　皮埃尔看起来很绝望。

皮埃尔　你觉得这是不是我的错？

　　突然，医生出现了。皮埃尔站起来，安妮跟在他后面。

皮埃尔　啊……医生……

医　生　（向安妮打了个招呼）您好，女士。我是拉姆医生。
　　　　　是您儿子的主治医生。

安　妮　尼古拉在哪里？

医　生　他在病房。别担心，他正在休息。

皮埃尔　他状况怎么样？

医　生　他已经脱离危险了。你们可以放心。

安　妮　我们可以去看他吗？

医　生　目前，他需要安静。我先跟你们厘清一下状况，
　　　　　请坐……

　　皮埃尔坐下来，不过安妮依然站着。

安　妮　情况怎么样？

医　生　伤口不是很深，而且救护人员马上做了处理，最糟的
　　　　状况已经过去了，算他命大。

安　妮　您百分之百确定吗？

医　生　是的，请相信我。

安　妮　谢天谢地。

医　生　不过，在这种情况下，你们必须有所决定。

　　　　短暂停顿。医生示意安妮坐下，医生也跟着坐下。

医　生　我跟您的儿子聊过了……他已经恢复意识……而他看
　　　　起来，怎么说呢，发现自己在医院里醒来，很不开
　　　　心……这是这种情况下常见的反应。

皮埃尔　他说什么了吗？说他为什么会这么做？

医　生　你们知道的，这种情况我们见多了……我认为对尼古
　　　　拉来说，留院观察是相当重要的。

安　妮　留院观察？

皮埃尔　您的意思是……

医　生　刚才我确认过，这边刚好还有一个空床位。

安　妮　可是，他得留在这里多久？

医　生　这部分我们可以一起决定。不过，现阶段最重要的
　　　　是，先把他隔离起来。

皮埃尔　隔离？

安　妮　这是什么意思？

医　生　当然，他不会是一个人。会有医疗团队陪着他，还有

其他病人。我们会规划一些活动，尼古拉会被好好看管。不过对我们来说，关键在于要先切断他跟外面世界的联系，特别是跟家庭的联系。

安　妮　我们不能来看他？您的意思是这个……

医　生　每次只要是青少年住院治疗，我就会这样要求父母，无一例外。这可以让彼此之间保持一点距离……让关系冷静下来……减少压力……你们要理解，这不是在否定你们。你们不是问题所在。

安　妮　可是……

医　生　接着，每个星期我会请你们来一趟，跟尼古拉一起，了解他的进展……

皮埃尔　您认为这会需要很长一段时间吗？

医　生　不一定。我的目的，是让他意识到他的行为。目前看来，他并没有意识到这一点。他有把这些事情简化到最小的倾向，我认为这样很危险。我不希望他重蹈覆辙。

安　妮　医生，我想看看他。

医　生　当然，你们得去帮他拿点换洗衣物过来……但第一个星期，最好是让他留在这里。请放心，我们对这种状况很清楚。很遗憾，不过这种事情真的很常见。我们知道该怎么处理……

一位护士出现，向医生示意。

医　生　抱歉，请你们稍待一下。

　　他走向护士，两人在角落交谈了半晌。皮埃尔和安妮都静默不语。他们还处在惊吓中。皮埃尔握着安妮的手。

　　医生向他们走来。

医　生　很抱歉，我得回去忙了。我建议你们先去找我的助理，她在三楼，你们打听精神科就知道了。

皮埃尔　（被这个字眼吓了一跳）精神科？

医　生　是的。她知道状况，她会跟你们说明程序。好吗？

　　皮埃尔和安妮不晓得该怎么回答。

医　生　没事的……别担心。现在已经有专人在照顾他了。

　　医生笑了笑，离开了。停顿片刻。皮埃尔和安妮仍然默默无语，动也不动。

　　停顿片刻。灯暗。

| 第十四场 |

　　皮埃尔公寓的客厅。索菲娅正在整理行李。她准备和萨夏去意大利。

皮埃尔　都准备好了？

索菲娅　好了。

　　停顿片刻。

皮埃尔　几点的飞机？

索菲娅　我叫出租车了，五分钟后到。

皮埃尔　我帮你提行李。

索菲娅　不用，不用，我来就好。

　　停顿片刻。我们感觉两人之间的气氛有点紧张。

皮埃尔　听我说，昨天晚上我很抱歉……我很遗憾……我一定
　　　　是喝太多了，然后……我太过分了，而且太愚蠢。请
　　　　你原谅我。

索菲娅　我不懂为什么我们要吵成这样。

皮埃尔　是我的错，对不起。

索菲娅　这几个星期以来，我们开口闭口都是他……好像我们
　　　　的生活都只绕着他转……

皮埃尔　我知道。

　　停顿片刻。

皮埃尔　但是看到你都要去度假了，却还生气放不下，我心里
　　　　真的好难受。

索菲娅　够了，拜托你。

皮埃尔　什么？

索菲娅　不要再说我在生气。问题不在这里。

　　　停顿片刻。

索菲娅　你为什么不跟我们一起去？我们本来不是说好了……
皮埃尔　我没办法，索菲娅……
索菲娅　不，你可以！医生跟你说了，他要隔离一个星期……不管你是在家还是在外面，有差别吗？
皮埃尔　我没办法，明明知道他在那个地方我却去海边度假。我很抱歉，我办不到。
索菲娅　你可以去个几天。你也一样啊，你需要休息……你已经到极限了。现在还来得及……
皮埃尔　我没办法，对不起。在这种……我没办法离开……这超过了我承受的限度。

　　　停顿片刻。

索菲娅　他什么时候出院？
皮埃尔　下星期吧，我猜。
索菲娅　接下来呢？

　　　短暂停顿。

索菲娅　为什么你不让他回他妈妈那边去住？我的意思是，既然他都这么说了……
皮埃尔　我没说我不要。只是……这也没办法解决问题。而且，我不晓得……在我们之间发生了这些事情之后……在我们吵架之后……这岂不是彻底的失败……

索菲娅 他的还是你的？

停顿片刻。

皮埃尔 你知道吗，最诡异的事，就是我再也搞不清楚自己的感受了。有时是愤怒，几分钟后又是痛苦。有时我是生他的气，有时是生自己的……

索菲娅 这很正常。

皮埃尔 我希望对萨夏来说，我这个爸爸会好一点。

索菲娅 你是个很棒的爸爸，皮埃尔。不要再胡思乱想了！

皮埃尔 这我就不确定了……让我痛苦的是，我必须用尽全力维持、扮演一个我痛恨的角色。

索菲娅用眼神表示疑惑。

皮埃尔 比如，最近这几个星期，我听到自己讲的一些话都很惊讶……那些话就跟我年轻的时候我爸对我说的一模一样……那些当时让我打从心底厌恶的话……现在，却从我口中说出来。这让我不禁认为，最后我跟他其实是一个样。

索菲娅 什么样的话？

皮埃尔 "那你的人生要怎么过""我在你这个年纪的时候，我做了这个或那个"，还有像是"我们该拿你怎么办"

之类的。我想到就反胃……

停顿片刻。

索菲娅　我们得走了。

皮埃尔　在你离开之前，告诉我你原谅我昨天的行为。我没办法让你这样离开。

索菲娅　我真的很希望我们不要再这样吵了……

皮埃尔　我也是。

索菲娅　最近这几个星期真是……

皮埃尔　我知道。

索菲娅　不，你不知道。你不在家。你白天都在工作，而我一个人，在这里，而且……

皮埃尔　你不是一个人。

索菲娅　是，我是孤单一个人！而且我累了。还有萨夏，你的另一个儿子。他也一样需要你！

皮埃尔　索菲娅，拜托你……我们难道要再吵一次吗？

短暂停顿。

索菲娅　（语气缓和了点）好吧，我们到了再打电话给你，好吗？

皮埃尔　好。

他走过去把婴儿车里的宝宝抱起来，用力地、紧紧地抱着。

皮埃尔　来吧……我的小宝贝，亲一下……因为接下来一个星
　　　　期我都看不到你了，我会想你的……好好照顾妈咪，
　　　　好吗？还有你的干妈……你会看到大海，对不对？到
　　　　时你就知道，海有多大，有多美……我很抱歉不能陪
　　　　你一起去，我得留在巴黎，你懂吗？到时你再跟我说
　　　　好不好玩，可以吗？你再讲给我听，好吗，我的小
　　　　宝贝？

　　他紧紧搂着他。这样抱了好一会儿。索菲娅看着他们，
既动容又伤感。

　　灯暗。

| 第十五场 |

　　几天后，医院。安妮和皮埃尔站着。护士在他们对面。

护　士　请坐。

安　妮　他还好吗？

护　士　拉姆医生等一下会说明，我先去把尼古拉带过来，他
　　　　就在隔壁，跟医生会面之前他想跟你们说说话。

皮埃尔　好。

护　士　我马上回来。接着再去通知医生你们到了。

　　他离开。皮埃尔和安妮坐下。

皮埃尔　这个护士感觉不是太灵光。

安　妮　怎么说？

皮埃尔　不晓得，就是一种直觉，你不觉得吗？

安　妮　我不知道。

皮埃尔　我对他们没半点信任。

门开了，尼古拉出现。他的穿着颇为奇特。他奔向母亲的怀抱，接着又投入父亲怀里。

尼古拉　妈妈！

安　妮　宝贝！

尼古拉　我真的好想你们……

安　妮　我们很想你。你还好吗？

尼古拉　我感觉好像好几个月没看到你们了……

皮埃尔　我们这不就来了，我们来了……

他们紧紧拥抱彼此。

护　士　尼古拉，照你的要求，给你们五分钟。好好聚一下……趁这个时候，我去请医生过来，好吗？

尼古拉　好。

护　士　我马上回来。

护士走出去。

皮埃尔　你还好吗？

尼古拉 这里太可怕了，我跟你们发誓。你们一定要让我离开这里……

皮埃尔 别担心。

尼古拉 你们一定要让我离开这里，答应我，好吗？

安　妮 这里不好吗？

尼古拉 太恐怖了，妈妈。这是我人生中最糟的一个星期。这里的人都有病。厌食症、精神病……还有……他们都疯疯癫癫的……他们开口闭口就是死亡……在这种地方谁都受不了，我跟你们发誓。我得离开这里，你们不能把我丢在这里。这里是地狱。你们不能把我丢在地狱里。

皮埃尔 你别担心，我们就是来跟医生讨论这件事的。

尼古拉 他是个蠢蛋，什么都不懂。他只会塞药给我吃，根本不懂我的脑袋里在想什么。他要跟你们说的事情，他已经跟我解释过了……他觉得我生病了。他说我应该留在这里几个星期，好几个星期……但我跟你们说，我没办法，我撑不住……我会崩溃的……你们知道我的……你们知道我是怎样的人……我这不是随便说说。我在这里的状况比在家时还要差……这些人，所有的人，给我太多干扰了。我太害怕了，我只想着一件事，回归正常的生活；还有看到你们，跟你们在一起。我需要你们。你们真的要把我带回家，拜托，爸爸，妈妈，我求求你们。

皮埃尔被尼古拉烦躁紧张的模样弄得心神不宁。

皮埃尔　亲爱的，你冷静点。我们会尽力，我们会跟医生
　　　　讨论。

安　妮　有我们在，我们就在你身边。

尼古拉笑了。

尼古拉　我真的好高兴看到你们，我好想你们，你们无法
　　　　想象……

安　妮　我们也是，我们很想你。

医生敲门之后走进来，护士跟在他后面。

医　生　您好，女士。您好，先生。

安　妮　医生您好……

他们彼此握了握手。

医　生　那么……你们两位请坐。尼古拉，你可以坐这个位
　　　　置。樊尚，也就是我们这位护士，在面谈时也会
　　　　在场。

停顿片刻。医生准备就绪。尼古拉开始咬指甲。

医　生　嗯，我可以想象尼古拉已经告诉你们他想要出院。

皮埃尔　是的。

医　生　他也跟我提过了。我认为，对他来说，隔离的这个星期是很痛苦的。

皮埃尔　看来是这样，没错。

医　生　第一个星期通常会这样。

尼古拉　我不想留在这里。

医　生　我知道你会想要回家。只不过，就医学的角度而言，我无法允许。

尼古拉　（对父母）你们看。

皮埃尔　为什么？

医　生　尼古拉正在经历抑郁的高峰期。他经常提到他有自杀的冲动。（对尼古拉）在我们的咨询期间，你跟我说过好几次，你还记得吗？

　　　　尼古拉没回答。

医　生　我认为要是他出院的话，可能有潜在的危险。

尼古拉　不对，我状况变好了。我唯一在乎的，就是回家。不会有问题的，我保证。

医　生　尼古拉……两天前，当我问你要是今天出院你要做什么，你还记得你回答我什么吗？

尼古拉　那只是为了挑衅。

医　生　我不这么认为。

　　　　尼古拉站起来。护士也跟着站起来，仿佛是为了预防可能的攻击性举动。

尼古拉　（对父亲）你看吧……他自以为比我还了解我的
　　　　感受。

皮埃尔　冷静点，尼古拉。

尼古拉　我很冷静。是这个蠢蛋什么也不懂。

安　妮　尼古拉，拜托你。

　　　　尼古拉再度坐下。短暂停顿。

皮埃尔　您有什么提议？

医　生　就算尼古拉不愿意，但我认为让他留在这里久一点是
　　　　必要的。自杀的冲动有时难以辨识，就连想自杀的人
　　　　自己也分不清楚，但我们不能忽视这些征兆。它们可
　　　　能会导致严重的后果，而且，在这种情况下，它们会
　　　　反复出现。尼古拉在某种程度上是与现实脱节的，这
　　　　会造成他明显的焦虑困扰。这些都必须加以治疗。等
　　　　到状况稳定下来，我们也找到适当的治疗方法之后，
　　　　再考虑让他出院。

皮埃尔　这会需要多长时间？

医　生　很难说。几个星期跑不掉……

尼古拉　（对母亲）妈妈……

医　生　尼古拉，你在这里很安全。我们会看着你。这里有完
　　　　整的医疗团队，医生、护士跟各种辅导教师。白天的

时候可以进行各种活动，还有……

尼古拉　要我去陶艺工作坊，就当作是治疗了？

医　生　这是疗程的一部分，没错。

尼古拉　莫名其妙！

尼古拉又站了起来。

皮埃尔　尼古拉，冷静点，拜托你。

停顿片刻。他再度坐下。

皮埃尔　你明白医生在说什么吗？这是为你好，要是……

尼古拉　（打断他）为我好？要我处在这些情况比我糟上数百倍的人当中，你们要怎么希望我好起来？我想过了，你们知道吗……我……在无所事事的这几天里……我仔细想过了，我思考了我的人生究竟发生了什么事……我已经跟从前不一样了……相信我……我一夕之间长大了。我弄懂了很多事情……很多事情，我不会再犯了……

皮埃尔看着医生，希望这些话可以让他改变立场。

皮埃尔　就像有人给了我当头棒喝，我知道我不想在这样的地方过完一生。现在，我觉得我可以重回正常的生活了。我觉得我可以回学校去……我真的这么觉得。你们要相信我。这就好比我终于看到隧道尽头的那道光了。

但你们得带我离开这里才行。要不然，我会垮掉。我是认真的，我撑不住的……爸爸，不要抛弃我……你，你了解我的。你一直以来都懂我……而他们，他们不了解我……（哀求）爸爸……我求求你……

皮埃尔　（对医生）出院的条件是什么？

医　生　尼古拉还未成年，你们是他的监护人。所以由你们决定。的确，你们今天就可以让他出院，不过，在这样的情况下，我会要求你们签署一份承诺书……

安　妮　承诺书？

医　生　是的，承诺书。上面会注明是你们不愿听从医疗建议，径自做出这个决定。若是接下来发生什么事情，将由你们自行负责，与医院无关。

尼古拉　根本不会有事……

医　生　我知道要做这个决定很难。特别是在你们的儿子面前……但你们应该相信我的建议。我并不是随便说说，你们的儿子还未达到可以出院的状态。你们可以签下承诺书，一个小时后，你们就已经在家了……不过，身为医生，我必须告诉你们，这样做的风险很大。若我身为父亲，是不会让我自己的小孩冒这个风险的……

尼古拉担心地看着皮埃尔，觉得他似乎有所动摇。

皮埃尔　什么风险？

医　生　尼古拉需要有人陪伴，并且需要接受治疗。这不是父母该扮演的角色，而是精神科医生的职责。

尼古拉　爸爸……我没有生病……

医　生　你们若是做出正确的决定，尼古拉将会健康活泼地从这里出去，回归正常的生活。请别轻易被蒙蔽了，这是个很大的赌注。

尼古拉　妈妈……我想回家……

安　妮　我知道，亲爱的，我……

　　　　她转过身看皮埃尔，像是等他做出决定。

安　妮　皮埃尔？你觉得……而我，我不知道……我……请你说点什么。

　　　　我们听见了阿尔比诺尼的《G小调柔板》（电影《海边的曼彻斯特》原声带版本）。随着舞台气氛越来越紧绷，音乐也越来越大声，直到盖过这一场最后几分钟的人声。

尼古拉　不要丢下我，爸爸……我求求你……我需要你们……

医　生　（试图打断他）好了。

尼古拉　我跟你们发誓，我已经知道了……你们要再给我一次机会……之前只是一种求救信号……我真的后悔了，彻底后悔了……当时我只是需要你们了解我的痛苦……但是我再也不会那样了……我发誓……

医　生　我想你父母已经听到你的理由了，尼古拉。

尼古拉　拜托你们……

医　　生　（对这对父母）现在，是时候做出决定了。

皮埃尔　现在？

医　　生　是的。对尼古拉来说，知道你们跟医疗团队站在同一
　　　　　阵线是很重要的。

尼古拉　爸爸……

　　　　皮埃尔还是什么也没说，他即将做出的决定令他心碎。

医　　生　先生，您无须感到内疚。这个问题与爱无关，重点在
　　　　　于保护。在这种情况下，仅有爱是不够的，这样是不
　　　　　够的。

尼古拉　爸爸……

医　　生　尼古拉，午餐时间到了。我会请樊尚带你去食堂。

　　　　护士站了起来。

医　　生　不过在这之前，我想，必须让你父母正式在你面前说
　　　　　出他们的决定。这将会有助于你接受治疗。

尼古拉　我想回家……爸爸……

　　　　短暂停顿。

皮埃尔　我很抱歉，尼古拉。

　　　　尼古拉突然站起来，整个人痛苦急躁并企图反抗，就如

同音乐的音量大大提高。

尼古拉　不！爸爸！你不能这样对我！你不会的！爸爸！你不
　　　　会的……

　　医生站起来，护士试图压制住尼古拉。这种拉扯可以反
复数次。

医　生　尼古拉！冷静！
护　士　放轻松……尼古拉！

　　尼古拉暴力地推开护士。

尼古拉　爸爸，妈妈！我做错了什么？
医　生　樊尚会带你去食堂……

　　护士试图抓住他，但是他们扭打了起来。

尼古拉　放开我！不要碰我！我做错了什么？
安　妮　皮埃尔，想点办法……
皮埃尔　等等……
尼古拉　爸，帮帮我！
护　士　冷静。
皮埃尔　尼古拉……
护　士　放轻松……
医　生　冷静……

尼古拉　帮帮我！

安　妮　皮埃尔……

皮埃尔　你们伤到他了！

医　生　（想要打断皮埃尔）先生，拜托您！

护　士　你这样会伤到你自己！

尼古拉　爸！妈！

护　士　好了好了，跟我走……拜托你……

医　生　尼古拉……

尼古拉　爸爸……

　　安妮哭了起来。

医　生　好了好了，尼古拉……跟你父母说再见……

尼古拉　爸爸……

护　士　你给我冷静！

　　护士用力把他抓住并拖出房间。安妮哭着。皮埃尔痛苦
得无法动弹。

护　士　给我过来！

尼古拉　（尖叫呼喊）爸……爸爸！爸爸！

　　停顿片刻。

　　灯暗。

| 第十六场 |

皮埃尔的公寓。同一天，稍晚。皮埃尔和安妮坐在沙发上。

安　妮　还好吗？现在觉得怎么样？

皮埃尔　松了一口气……你也是吧？

安　妮　我不晓得。希望我们的决定是正确的。

皮埃尔　我很肯定。

安　妮　（担心）但当时医生的态度也很笃定。

皮埃尔　他根本在胡说八道，而且说话的方式让人相当反感。你不觉得吗？还是你真的认为尼古拉病了？

安　妮　没有，我没这个意思。

皮埃尔　我宁可相信尼古拉说的。你呢？他说那是一种求救信号，但是他不会重蹈覆辙了。我们应该对他有信心。我是相信他的，他说他在隔离的这个星期里明白了很多事，还说他已经跟从前不一样了……

安　妮　嗯。

皮埃尔　（几乎是试图自我说服）我真的相信他，我们必须相信他，这很重要。

安　妮　你看到他的眼神了吧，当我们去食堂找他……当他发现我们签了那份承诺书，你看到他的眼神了吗？当下我就觉得我似乎又看到那个小男孩了，那个小时候

298

的他。

皮埃尔　对，当时他是那么幸福……我也是。我是肯定无法
　　　　把他丢在那里的。我们不能把我们的孩子丢在地狱
　　　　里……而且我相信这可以让我们重新出发，往好的方
　　　　向。我很确定。这一切不会白费的……

安　妮　（往厨房的方向看）他在做什么？

皮埃尔　他在泡茶。

安　妮　我知道，但怎么会泡这么久……

皮埃尔　总算有一次，他坚持要做点什么……

安　妮　这些事情，你怎么看？我的意思是……之后……

皮埃尔　我觉得，期待他会回学校似乎有点过于理想化，现在
　　　　已经五月了……依我看，最好的方式，是他重新调
　　　　整，下个学年再开始。说穿了，这也没那么严重。

安　妮　可是这么一来，白天的时间他要做什么？你觉得可以
　　　　让他一个人独处吗？

皮埃尔　这件事我考虑过了，我正想跟你提……或许他可以回
　　　　去跟你住，因为看起来……至于白天，我就把他带
　　　　到事务所，让他做点事。我的意思是，让他当个实习
　　　　生。你觉得呢？

安　妮　（充满怀疑）你觉得他会有兴趣吗？

皮埃尔　不管怎么说，会有人陪着他。他可以学点新东西，而
　　　　且我也会在。

安　妮　但你手边的工作已经那么多了不是吗？

皮埃尔　我会拒绝西尼奥雷的提议。

安　妮　啊，真的吗？

皮埃尔　嗯，我根本不在乎他的政策和经济方案！我想把精力
　　　　花在真正重要的事情上。对我来说真正重要的，就
　　　　是挽回尼古拉。现在我觉得这是有可能的。我觉得可
　　　　以，我不会再放下他了。

　　正好，门开了，尼古拉端着托盘出现，托盘上有茶壶和
几个茶杯。

尼古拉　好啰……泡好了……而且我还给你找到了几个玛德琳
　　　　小蛋糕哦，妈妈。

安　妮　好乖……

尼古拉　你还喜欢吃这个对吧？

安　妮　对啊，真是无法抗拒呢。

　　尼古拉似乎有点重心不稳。

皮埃尔　小心。

尼古拉　他们塞了我那么多的药……我有点头晕……

　　他随即把托盘放在父母面前。

尼古拉　喏。

皮埃尔　谢谢……

安妮发现托盘上只有两个杯子。

安　妮　你不喝吗?

尼古拉　不喝,我替自己煮了咖啡。我需要清醒。你要糖吗?

安　妮　不用了,谢谢。

尼古拉　(问父亲要不要糖)爸爸呢?

皮埃尔　不用,谢谢,我儿子真乖。

安　妮　还好吗?你觉得怎么样?

尼古拉　超级幸福,在这里,跟你们一起。

皮埃尔　我们也是。

安　妮　皮埃尔,你得把处方给我。是在你那里对吧?这样我
　　　　就可以去拿药……(对尼古拉)我等一下应该会去看
　　　　电影,你要跟我一起去吗?

尼古拉　有何不可?不过我想先洗个澡。那里洗澡的地方真
　　　　够脏的……这一个星期,我都期待着可以好好洗个
　　　　澡……不会麻烦吧?

皮埃尔　当然不会。

安妮和皮埃尔笑了。

尼古拉　呃?你们干吗笑?我闻起来很臭,是不是?

皮埃尔　没有,没有。

尼古拉　妈妈,我闻起来很臭吗?

安　妮　你真的希望我回答吗?

尼古拉看着他们这样笑着。他看起来很幸福。

尼古拉　看到你们在一起让我好开心。好久没这样了。我的意思是，我们好久没有三个人在一起了……

安　妮　的确是……

尼古拉　就像从前的美好时光……

尼古拉笑着。接着他站起来。

尼古拉　好，我去洗澡了。

安　妮　待会儿见，我等你。

尼古拉走了几步，接着转过身来看着他的父母。

尼古拉　我只是想跟你们说……这阵子让你们遭遇这些事，我真的很抱歉……我知道不应该让你们这么辛苦……而且这对你们来说一点也不有趣。我希望你们可以原谅我。尤其是，我想对你们说，我爱你们。

皮埃尔　我们也是。好了，去洗澡吧。别担心，我们等你。

尼古拉走出去。停顿片刻。

皮埃尔　你看吧……

安　妮　嗯，他又变回从前的样子了，温柔又贴心……

皮埃尔　这么一来……

停顿片刻。

安　妮　要是你今天没什么事，要不要跟我们一起去看电影？

皮埃尔　我不晓得。

安　妮　这可以让我们转换一下心情，而且我肯定尼古拉一定会很开心……

皮埃尔　我有工作要做，不过……你原本打算看什么？

安　妮　我要看一下排片表。你最近看过什么电影吗？

皮埃尔　没有。我没空。

安　妮　有人给我推荐过一部电影……叫什么名字来着……你记不记得，从前，我们有时候会在大白天去看电影？我们骗过所有人，让他们以为我们要去赴什么天大的约，而且一刻也不能等，然后我们会在那座小电影院会合……靠近奥德翁路那边……你还记得吗？

皮埃尔　当然。

安　妮　我好爱这样。感觉像在逃学，对吧？趁着所有人上班的时候，跑去看电影……

皮埃尔　是啊。

　　　　她对他做出一种温柔的姿态。

安　妮　好久以前的事了。

　　　　皮埃尔对她笑着。

安　妮　好啦，今天跟我们一起去吧！来吧……你不想吗？

我们觉得皮埃尔接着就要答应了。突然,传来一声巨响。我们马上意识到那是枪声。

安妮猛然站起来,接着冲向浴室。

皮埃尔仿佛无法意会过来,信息过了一阵子才真正传到他的意识。接着,仿佛是慢动作,他站起来,一动也不动地维持了几分钟,毫无动作,仿佛变得迟钝。

最后,他才急急忙忙往浴室那里跑过去。

舞台上保持片刻的空无一人与安静。

灯暗。

| 第十七场 |

尾声。三年后。皮埃尔在客厅里,看起来似乎在想事情。索菲娅走进来。

索菲娅　酒你买了吗?

皮埃尔　嗯?哦,当然,当然。

索菲娅　太好了,谢谢。

皮埃尔　我放在储藏室了。

索菲娅　晚餐准备得差不多了,快好了……我刚好还有点时间帮萨夏洗个澡。

皮埃尔　要我来吗?

索菲娅　不用,不用,我帮他洗就可以……

她走到门口。

索菲娅　（朝外面）萨夏？洗澡了哦！

她转向皮埃尔。

索菲娅　还好吗？他们要来吃晚餐你开不开心？
皮埃尔　很开心，你呢？
索菲娅　你看到了吗？看看我找到了什么。

她向他展示那对耳环。

皮埃尔　哇……你好久没戴了。
索菲娅　是啊，不晓得为什么。我想说这耳环跟我这条裙子
　　　　很搭。

皮埃尔对她笑了笑。

索菲娅　好了，待会儿见。
皮埃尔　待会儿见，亲爱的。

她走出去。

索菲娅　（画外音）萨夏？你好了没？

停顿片刻。皮埃尔播放起音乐。突然，有人敲门。客人
已经到了？皮埃尔看了一下表。他关掉音乐，走过去开门。
是尼古拉。

皮埃尔　哇，你来了？

尼古拉　我是不是到太早了？

皮埃尔　不、不，怎么会，进来……

他们拥抱彼此。皮埃尔看起来很高兴见到他。

皮埃尔　你一个人来？

尼古拉　她待会儿就到。她先去一下她妈妈家……应该会迟到
　　　　一点点。

皮埃尔　没问题，进来吧。你还好吗？你看起来没怎么变！

尼古拉　谢谢，我很好，你呢？

皮埃尔　你是早上到的？

尼古拉　对，我觉得好像几个月没回来了。我开始怀念巴
　　　　黎了。

皮埃尔　柏林呢？一切都好？

尼古拉　很好。我很喜欢那个城市。一切都很顺利，你知道我
　　　　之后打算跟埃洛迪一起住吧？妈妈跟你说了吗？

皮埃尔　啊，是吗？

尼古拉　我们两个每天不是来我住的地方就是去她家……所以
　　　　想说找个大一点的房子一起住比较实在……

皮埃尔　太棒了！真是个好消息！

尼古拉　对啊，我很高兴可以带她来见你，你知道的。

皮埃尔　我也是，都听你讲了她这么久了……

尼古拉　你等一下就知道了，她真的是个很棒的女孩。我超爱

她。这大楼的密码换了，是不是？

皮埃尔　没有吧。

尼古拉　我记得的密码行不通了。还是跟以前一样吗？

皮埃尔　对啊。

尼古拉　啊，是哦。那应该是我搞错了。萨夏呢？他在吗？

皮埃尔　他正在洗澡。

尼古拉　我们买了礼物给他。不过要等埃洛迪来再拿给他，是
　　　　她选的。

皮埃尔　怎么这么好。

尼古拉　你也有，我有礼物给你。

皮埃尔　给我？

尼古拉　对。其实，就是因为这个我才先到的……应该说，我
　　　　其实是想告诉你一件事……

　　　短暂停顿。接着尼古拉笑了。

尼古拉　看看你这是什么表情！别担心啦！我才不会跟你说我
　　　　们有孩子了！

皮埃尔　我根本没想到这件事。

尼古拉　没有啦，是比较……跟我有关的事情，我希望你是第
　　　　一个知道的。

皮埃尔　我在听。

　　　短暂停顿。

皮埃尔 （兴奋又迫不及待）快点说啊！

尼古拉又笑了。

尼古拉 你知道的，除了建筑学校的课程之外，我一直对一件
事很着迷……那就是写作……这阵子，我花了不少
时间在这上面……特别是搬到柏林以后……我不知道
为什么，但是在那里做什么事情似乎都特别容易。那
里可以让我跟很多事情保持适当距离，重新思考之前
经历的一切……我一直有个心愿，就是想做点正面的
事，然后……

他递给他一本书。

皮埃尔 这是什么？

尼古拉 （郑重地）这是我的第一本小说。

接下来讲的都不是客套话。在尼古拉眼里，一如在皮埃
尔眼里，一切都无比重要。

皮埃尔 不会吧？这是你写的？

尼古拉 在真正拿到书之前，我不想跟任何人说。说是迷信也
好……我真的很害怕……但现在，书已经出版了，美
梦成真了……刚才我先去找了我的编辑，他们给了我
第一本样书。而我希望你是第一个拥有它的……

皮埃尔 （读着标题）《别让生命尽头轻易到来》……太好了。

什么时候上市？

尼古拉 两个月后。然后，如果你翻开，你会看到，这本书是献给你的……

皮埃尔翻开第一页，发现这本书确实是献给他的。他什么也没说，但我们可以感觉到他情绪激动。

尼古拉 当然，这里面提到了一些你本来就知道的事……那些充满考验的日子……对你、对妈妈来说……那些艰难的时刻……但至少，最后是美好收场。我想把它献给你……因为我知道，如果没有你，我没办法……

皮埃尔抱住他，不让他把话说完。

皮埃尔 我真的很为你感到骄傲。

尼古拉笑着。

皮埃尔 我真的好骄傲，我的宝贝儿子，我真的很替你感到骄傲。

皮埃尔热泪盈眶。

尼古拉 等你读了再说……万一你不喜欢。

皮埃尔 我很了解你，我知道故事一定会很美。

尼古拉 不要跟我说你要哭了？

皮埃尔 （声音里充满感情）没有，抱歉。看到你所做的这些，我实在太感动了……你所有的……你的转变……
我们当时要是知道……可是同时我想说，我从来没有
怀疑过你。从来没有。还有，真的，我想告诉你……
我为你感到骄傲。来，过来。

他再度拥抱他。过了一会儿，尼古拉想挣脱，但是皮埃
尔把他抱得更紧了，仿佛担心又让他给跑了。接着才放开，
拉开距离。皮埃尔对自己这么真情流露有点尴尬。

尼古拉　现在，希望它可以大卖！
皮埃尔　一定会畅销的……这样的话，你会变成风云人物哦！

皮埃尔突然笑了。经过那些日子，终于看到自己的儿子
蜕变成充满才华又前途无限的青年，这实在太令人满足了。

尼古拉　好了，如果你不介意，我要去抱抱萨夏？我好想他
啊，这个小家伙。
皮埃尔　他看到你一定会很开心的，你知道……他动不动就哥
哥长哥哥短的。

吊诡的是，尼古拉没有走到公寓里面去，而是走向他从
前的房间。同一时间，索菲娅出现在另一个房间门口。她没
有看到尼古拉，他对她来说似乎是隐形的。

索菲娅　皮埃尔？

停顿片刻。

索菲娅 你在做什么?

皮埃尔仍专注在尼古拉身上,而尼古拉即将消失在他的房间里。停顿片刻。

索菲娅 皮埃尔?你在自言自语?

停顿片刻。尼古拉看了皮埃尔最后一眼,然后离开。

索菲娅 皮埃尔?你怎么了?

突然,皮埃尔整个人瘫软,哭了起来,宛如第一次这么哭。他的身体颤抖着,仿佛是源自一种极为久远的呜咽,他的痛苦从身体反应上几乎就能看出来。索菲娅急忙跑向他。

索菲娅 怎么了?皮埃尔?你怎么了?
皮埃尔 (满脸是泪)没什么。
索菲娅 你怎么了?你又想到尼古拉了?

皮埃尔点头表示"是"。

索菲娅 没事了,没事了……
皮埃尔 我应该多关心他的……我应该……我应该……
索菲娅 皮埃尔……我们没办法再多做什么了,我们都试
　　　　 过了……

皮埃尔 没有。

索菲娅 有啊……你没什么好再责怪自己的。你已经做了所有
能力所及的事了。

他摇头表示"没有"。

索菲娅 好了，拜托你。

她把他抱住，试图用身体动作来安慰他。

皮埃尔 （一边哭得稀里哗啦）我试着想象所有他可以做的事
情……他有那么多优点……他是那么聪明……那么敏
感……他明明可以有美好的人生……

索菲娅 （试图安慰他）皮埃尔……

皮埃尔 （一边哭得稀里哗啦）都是我的错……我应该多做一
点的……我应该……我应该……而且，我为什么要签
那份承诺书？

索菲娅 你已经尽力了，皮埃尔。相信我。你还记得那些医生
说的话吗？那是一种病症。

皮埃尔 不，我应该……我应该……

索菲娅 好了，冷静点。我知道这不容易，但日子还是要过下
去。你还有萨夏，还有我，我在这里啊！好吗？今天
晚上，我们有朋友要来吃晚餐。尽管这不容易，但日
子还是要过下去。生活还是要继续，皮埃尔。

皮埃尔 （再度陷入深沉的悲伤）不，生活无法继续！无法

继续！

索菲娅 好了，拜托你。让情绪缓一缓，好吗？来，过来抱一下。

皮埃尔止不住眼泪。索菲娅尽可能紧紧地抱住他，仿佛母亲抱着孩子。停顿片刻。

索菲娅 冷静点，亲爱的。冷静点……好了好了……嘘……一切都会过去的。好吗？冷静点……没什么好责怪自己的。你已经尽力为他付出一切你所能给的了。这是他的选择，皮埃尔。没有什么能够减轻他的痛苦。你也没办法阻止他。听见没有？你没办法的。好了，冷静下来，冷静点，亲爱的。然后想想你的小儿子……他就要四岁了。替他想一想，一切会好起来的。听见没有？一切会好起来的。

她哄着他。他继续抽抽噎噎。停顿片刻。灯暗。

剧　终

出版后记

　　本书中收录的法国剧作家弗洛里安·泽勒的三部剧作，《母亲》(*La Mère*) 首演于 2010 年，《父亲》(*Le Père*) 首演于 2012 年，并获得法国莫里哀奖最佳戏剧奖，《儿子》(*Le Fils*) 首演于 2018 年。2019 年，《父亲　母亲　儿子》(*Le Père-La Mère-Le Fils*) 首次作为"家庭三部曲"结集出版，将《父亲》作为首篇，其后是《母亲》和《儿子》。2023 年，"家庭三部曲"繁体中文版《母亲　父亲　儿子》由果陀剧场出版，将三部剧作按创作时间排序。

　　2020 年和 2022 年，《父亲》和《儿子》先后被剧作家本人改编并拍成了英语电影上映，前者还获得了奥斯卡最佳改编剧本奖和最佳男主角奖。两部电影在中国内地公映时分别译作《困在时间里的父亲》(*The Father*) 和《困在心绪里的儿子》(*The Son*)。而时间，是"家庭三部曲"中一条绕不开的线索：母亲被困在过去，父亲彻底失去了时间，儿子忧惧着未来。

　　虽然泽勒曾说这不是他刻意为之的系列创作，但无论是三作中如共享秘密般设定的人物名字，还是如迷宫般通向的现代家庭中的共同焦虑，都透露着剧作家的某种"预谋"。因此，在我们首次引进出版的"家庭三部曲"简体中文版中，从书名到作品顺序，也都依循了"时间"。

后浪电影学院

2024 年 8 月

图书在版编目（CIP）数据

困在时间里的父亲：法国剧作家弗洛里安·泽勒家
庭三部曲 / (法) 弗洛里安·泽勒著；陈文瑶译. -- 福
州：海峡文艺出版社，2024.8
　　ISBN 978-7-5550-3734-7

　　Ⅰ.①困… Ⅱ.①弗… ②陈… Ⅲ.①剧本—作品集
—法国—现代 Ⅳ.①I565.35

中国国家版本馆CIP数据核字(2024)第091276号

Le Père - La Mère - Le Fils by Florian Zeller
Copyright © 2010 (La Mère), 2012 (Le Père), 2018 (Le Fils) by Florian Zeller
Originally published in French by Editions Gallimard
This edition published by arrangement with GODOT Theatre & Arts Company Ltd.
中文译稿由果陀百娱股份有限公司授权银杏树下（上海）图书有限责任公司在中国大陆独家出版
本书中文简体版权归属于银杏树下（上海）图书有限责任公司。
著作权合同登记号：图字13-2024-022

困在时间里的父亲：法国剧作家弗洛里安·泽勒家庭三部曲

［法］弗洛里安·泽勒 著　　陈文瑶 译

出　　　版：海峡文艺出版社
出 版 人：林　滨
责任编辑：林可莘
地　　　址：福州市东水路76号14层
电　　　话：（0591）87536797（发行部）
发　　　行：后浪出版咨询（北京）有限责任公司
选题策划：后浪出版公司
出版统筹：吴兴元
编辑统筹：陈草心
特约编辑：肖　潇
装帧制造：墨白空间·陈威伸
营销推广：ONEBOOK

印　　　刷：北京盛通印刷股份有限公司
经　　　销：新华书店
开　　　本：787毫米×1092毫米 1/32
印　　　张：10.25
字　　　数：197千字
版次印次：2024年8月第1版　2024年8月第1次印刷
书　　　号：ISBN 978-7-5550-3734-7
定　　　价：60.00元
